문학으로 만나는
기독교 사상____

한국현대문학총서 · 14

문학으로 만나는
기독교 사상

김종회 지음

문학수첩

한국 현대문학과 기독교 사상

한국 현대문학에서 '사상을 담은 문학'이라는 잣대를 통해 당대에 이름을 얻은 작품들을 검증해보는 일은 그다지 편안하지 않다. 현대문학사가 포괄하고 있는 작품들의 부피나 개별적인 성과에 비추어 사상성의 집적 및 심화라는 항목이 여전히 긴요한 숙제로 남아 있기 때문이다. 문학 기법은 후진하고 사상이 범람하던 괴테의 독일이나 도스토옙스키의 러시아는, 작가라기보다 사상가에 가까운 이들의 문필에 힘입어 '세계 수준의 문학'으로 발돋움함으로써 세계문학의 중심부로 진입할 수 있었던 것이다.

　이와 같은 경우는 우리에게 하나의 부러움이자 우리 문학이 아직도 넘어서기 어려운 주변부의 한계를 환기시킨다. 문학의 바탕 또는 뿌리로서 웅숭깊은 사상성이 확보되어 있는 작품을 전제로 할 때, 한 작가가 가진 종교적 성향이 작품에 유익한 조력자가 된다는 사실은 두

말할 나위도 없다. 동서고금을 막론하고 종교적 소재를 다룬 작품이 문학사의 고전이 되어온 사례는 헤아릴 수 없이 많다. 그러한 이유로 한국 현대문학에 나타난 기독교 사상 그리고 기독교 의식의 본질과 그것이 문학의 형상으로 치환되는 상관관계의 문맥을 살펴보는 일이 중요한 과제로 남는다.

이는 한국문학에서의 사상성의 문제를 살펴보는 일과 다르지 않다. 기독교 신앙 혹은 기독교 문학은 서구 정신문명의 근원에서부터 그 시발점을 찾아야 한다. 헤브라이즘과 헬레니즘의 두 줄기가 나누어 점유하고 있던 서구 정신사의 흐름이 기원후 313년 로마 황제 콘스탄티누스 1세의 밀라노칙령 이후 헬레니즘의 영향권 안으로 합류되었다. 우리가 200여 년 전에 접할 수 있었던 기독교는 헬레니즘의 전통에 의해 포장된 것이었으나, 거기에는 헤브라이즘의 배타성과 헬레니즘의 합리성이 공존하고 있었다.

기독교가 특정한 사회제도의 준거 틀과 접촉할 때는 합리성이 두드러지지만, 그 가운데서 절대자의 존재에 대응하는 개인의 정신과 부딪칠 때는 배타성의 측면이 강화된다. 여기에서 말하는 배타성이란 여하한 정황에 처하여도 후퇴할 수 없는 절대자의 지위 또는 권위의 다른 이름이다. 그리하여 성서에는 "현자들의 사상도 허영에 불과하다"[1]고 단정적으로 기록되어 있으며, 서구 문학의 역작들 속에 잠복해 있는 기독교 사상의 성향도 거의 공통적으로 절대자의 권능에 순복한 외양을 보인다.

---

1) 구약성서에서는 "모든 것이 헛되다"고 지속적으로 반복하며, "지혜가 많으면 번뇌도 많아서 지식을 더하는 자는 근심을 더하느니라"(전도서 1장 18절)고 기록하고 있다.

우리 근대문학의 초기에 서구로부터 전파된 기독교 사상이 단편적으로 도입된 최남선, 이광수, 주요한의 작품들을 비롯하여 그 사상이 더욱 직접적인 육성으로 드러난 윤동주, 박두진, 김현승의 작품들에 이르기까지 이 도저한 배타성은 한 개인의 정신적 입지로는 허물기 어려운 확고한 범주를 유지했다. 이는 때때로 동양 문명의 바탕 위에서 오랜 관습으로 굳어진 직관 및 보편성의 관점과 상충할 수밖에 없었다. 예컨대 김현승의 시에 나타난 외형적 굴곡도 궁극적으로 서로 대립되는 두 이류를 함께 체득함으로써 발생한 갈등의 표출[2]이었다.

기독교 사상이 문학으로 치환된 가장 기본적인 예는 성서다. 성서는 그 자체가 문학적 성격을 약여하게 띠고 있다. 성서를 계시문학, 묵시문학, 지혜문학이라고 칭한다는 점, 시편, 잠언, 전도서, 아가 등이 노랫말의 운율로 되어 있다는 점, 룻기, 에스더가 단편소설의 형식적 특성을 그대로 구비하고 있다는 점이 그에 대한 좋은 반증이다. 옥스퍼드 대학의 제임스 바 교수는 성서의 연구에서도 신학적, 역사적, 문헌 연구 외에 미적, 문학적 연구가 수행되어야 한다는 주장을 내놓은 바 있다.

영국의 문인 C.S. 루이스가 인간을 수륙 양서(amphibian)의 동물이라고 정의한 바 있지만, 그 정의가 내포하는 의미처럼 성서는 지상의 육신과 영적 피안을 아울러서 겪을 수 있는 모든 인간 체험을 다루고 있다. 그러나 우리가 기독교 사상의 문학적 변용이라는 명제를 우리 문학에 적용할 때, 그처럼 직설적인 교의의 발화법을 모두 수긍할 수 있는 것은 아니다. 성서에 기술된 문면에 집착하여 그 범주 자체를 신

---

2) 그 갈등의 표출 양상을 대변하는 것이 「견고한 고독」, 「절대고독」 등의 시편들이다.

성시하는 태도를 내세운다면, 그것은 '종교로서의 문학'일 뿐 '문학의 종교적 경향'이 아니기 때문이다.

따라서 비록 종교적 체험이 체질화되어 있는 경우라 할지라도 그것이 스스로의 문학성을 고양하여 문학사에 비중을 둘 수 있는 작품을 산출하는 데까지 나아가야 한다는 요구를 수반하게 된다. 찰스 글릭스버그가 『문학과 종교』에서 "교의는 진정한 시에서는 그 모습을 나타내지 말아야 한다. 혹 나타낸다 하더라도 교의로서가 아니라 순수한 환상이어야 한다"[3]고 내세운 논리는 기독교 문학의 존립 근거 그리고 문학과 종교의 상관성을 잘 말해준다.

천주교 230여 년, 개신교 130여 년의 역사를 가진 한국의 기독교 문학은 개화기 이후 구조화된 윤리와 인습의 굴레로부터 탈출하려는 계몽주의적 수단으로, 일제하의 피압박 민족으로서 저항 및 자립 운동을 정신적 버팀목 삼아 효율적인 수용의 경과를 보였다. 또한 그 이후의 곤고한 역사를 거치면서 개인적 신앙 고백에서부터 사회사적 관점의 표출에 이르기까지 다양한 반응 양상을 보여왔다. 근자에 이르러서는 기독교에 대한 부정적 인식을 강력하게 드러내는 작품들도 적잖이 눈에 띄고 있다.

기독교 문학은 범박한 의미에서 종교문학이다. 종교적 인자가 문학의 예술성을 부축해주고, 문학이 종교적 교리의 의미를 보편적인 해석의 차원으로 끌어낼 수 있을 때, 우리는 탁발(卓拔)한 종교 소재의 문학작품을 만나게 될 것이다. 우리 문학의 기저에 자리하고 있는 기독교 의식의 본질과 그것이 작품으로 형상화되는 상관관계를 검토하

---

3) 찰스 그릭스버그, 최종수 옮김, 『문학과 종교』, 성광문화사, 1981, p.272.

　　　　　文学으로 만나는 기독교 사상

는 동안, 이 책에서 논의된 문학의 일상적 면모가 기독교 사상의 초월적 면모로부터 끊임없이 간섭받고 또 일정한 사상성의 자양을 섭생했다는 판단을 도출할 수 있다.

그러한 기독교적 기반이 창작의 실제에 사상성의 힘을 공여하고, 그로 인해 확장된 문학적 성과를 수확하였음을 확인할 수 있다. 물론 기독교 2000년 역사를 뒤따라가며 그 정신적 열매를 추수하고 있는 기독교 문학을 한두 마디의 언어로 정의할 수는 없다. 한국에 기독교가 전파된 지도 어언 200여 년의 세월이 지났다. 한국의 기독교 문학에서 그 정의, 범주, 작품의 실제를 구명하는 일은, 어떤 경우에는 200년, 아니 2000년의 역사적 하중을 고스란히 떠안아야 하는 일이기도 하다.

그러한 기독교 사상의 역사와 그 경과 과정에 수반되어 있는 사상성이 우리 문학의 취약한 사상적 토대를 보강하고 작품의 폭과 깊이를 더하는 데 기여할 수 있다는 사실에 주목할 필요가 있는 것이다. 인간주의 또는 인본주의의 시각으로 기독교를 바라본 『사반의 십자가』는 한국문학사에 김동리가 세운 돌올한 봉우리들 중에서도 한층 돋보이는 문학적 성과를 거양했으며, 이 소설에서 축적된 인식의 지평을 딛고서 이문열이 애써 쓴 『사람의 아들』이나 현의섭의 정론적인 작품 『소설 예수 그리스도』 등 좋은 소설들이 산출될 수 있었다.

신의 실재성에 대한 질문을 세속적 삶과의 연관성 아래에서 제기한 『성자여 어디 계십니까』는 종교적 심성과 세속의 저잣거리가 어떻게 마찰하는가를 유재용다운 성실성과 사실성에 기반을 두어 차분한 필치로 풀어내었다. 그러기에 다른 작가가 이러한 작품 계보의 후속편을 쓰게 된다면, 여기에서 유보된 신의 실재성에 대한 철학적 답변을 준비하면서 사상을 담은 문학의 깊이를 체현해주기를 요청해보아야 할 것이다. 성과 속의 교직을 통해 독특한 기독교적 세계관과 그 해석의 소설적 방안을 내놓은 이승우의 작품들이 특히 그렇다.

기독교적 세계관을 현대적 문맥으로 시험한 작품들은, 어쩌면 이승우의 작품 세계뿐만 아니라 기독교 문학이 나아갈 하나의 방향 탐색에 값할 터이다. 이승우가 수직의 축과 수평의 축을 거멀못처럼 함께 얽어내는 소설 문법을 보여주었던 만큼, 앞으로는 그 질긴 강박의 벽을 뚫고 새로운 세계관과 창작 방법으로 나아가야 할 때인지도 모른다. 우리 문단의 지형도에 비추어 상대적으로 젊은 연륜에, 기독교 신앙의 돕는 힘으로 깊이 있는 사상성의 문학화를 시도해온 그와 더불어, 우리는 한국문학의 한 단처가 괄목할 만한 수준으로 메워지길 기대해봄 직하다.

이상에서 대표적으로 살펴본 작품들은 모두 종교와 문학, 또는 신성과 세속이 서로 접촉하는 그 교차 지점에 작품의 입지를 마련해두고 있으며, 그 자리가 곧 종교문학 또는 기독교 문학을 포괄적으로 조망하게 하는 공간이 된다 할 것이다.

1부에서는 김동리, 유재용, 이승우 외에도 이청준, 현길언, 안영, 박경숙, 채영선 등 여러 작가들이 자신의 문학과 기독교적 세계관의 접점을 어떻게 마련하고 있는가를 정치하게 추적하려 했다. 이 작가들은 기독교 사상에 힘입어 스스로의 문학을 훨씬 더 높은 지경으로 추동할 수 있었다.

2부에서는 김현승, 서정주, 김달진, 조병화, 신영춘의 시를 통하여 한국 문단에 값있는 이름을 가진 시인들이 자신의 문학 세계와 기독교 사상의 상충, 교류, 통합을 어떻게 운용하고 있는가를 중점적으로 살펴보았다. 저마다 각기 다른 방식으로 그 사상성의 맥락을 작품에 도입하는 시작(詩作)의 성과가 어떻게 산출되는가에 관심을 두었다.

3부에서는 개화기 천주가사에서 오늘날 한국문학에서 확장된 한민족 디아스포라 문학의 영역에 이르기까지 기독교 문학의 형상 및 분포와 그 적용의 문제를 검토했다. 맨 마지막에 덧붙인 론다 번의 『시크릿』은 기독교 사상을 실제적인 삶에 응용하는 방안이다.

이처럼 여러 모양으로 과거와 현재 그리고 미래를 관류하는 기독교 사상의 문학적 변용은 앞으로의 지속적인 연구 과제이다. 동시에 문학으로 만나는 기독교 사상이 문학 연구에서 소중한 까닭을 말해주기도 한다. 이와 같은 계획성 있는 연구와 집필을 위해 이번의 연구서는 필자에게 매우 중요한 디딤돌이라 할 수 있다. 이를 한 권의 볼품 있는 책으로 꾸며준 문학수첩 출판사에 깊은 감사의 마음을 전한다.

2018년 2월
고황산 자락 교수회관에서 지은이 김종회

1부

서사문학에 나타난 기독교

신성과 인본주의의 접점

김동리의 『사반의 십자가』

---

1. 김동리의 문학과 『사반의 십자가』

김동리는 한국 근현대 문학사를 논할 때 결코 간과하고 넘어갈 수 없는 작가이다. 우선 그가 시, 소설, 평론 등 여러 분야에 걸쳐 활발하게 작품 활동을 했고, 또 그 작품들의 예술성과 문제의식이 객관적 가치를 확보하고 있다는 점에서 그러하다. 아울러 소설을 통해 그가 보여준 새롭고도 치열한 정신적 범주의 확장이 가히 한 시대의 굵은 획을 긋는 독보적 문학의 성취라 평가할 만하다는 점에서도 그러하다.

김동리는 1913년 경북 경주에서 태어나 기독교 계열의 학교인 경주 계남소학교와 대구 계성중학교를 다녔다. 어린 시절 그가 접한 기독교 문화는 훗날 작가가 되어 기독교 또는 종교 소재의 작품을 쓰는 계기로 작용했다.

또한 한학자인 맏형 김기봉의 영향과 20대 중반 경남 사천의 다솔

사와 합천의 해인사를 중심으로 한 생활 기반 등이 불교 소재의 작품을 창작하는 데 주요한 체험이 되었을 것으로 보인다.

1935년 『중앙일보』 신춘문예에 단편소설 「화랑의 후예」가 당선됨으로써 본격적인 문필 활동을 시작한 그는, 1990년 뇌졸중으로 쓰러진 이래 5년간의 투병 끝에 1995년 6월 세상을 떠나기까지 한국문학에 의미 깊은 좌표를 이루는 시, 소설, 평론 작품 들을 남겼다. 그는 특히 소설을 통해 신성과 인본주의의 접점을 치열하게 탐색하고, 평론을 통해 현대사의 이념적 혼란과 그 와류를 헤치고 민족주의 문학 또는 순수문학의 기치를 높이 들었다.

종교 문제를 소재로 한 그의 소설은 샤머니즘의 전통 신앙과 기독교 신앙의 상충으로 인한 한 가족사의 비극을 그린 「무녀도」, 기독교의 절대적 신앙과 교리를 민족 해방을 갈망하는 인본주의적 투쟁 정신으로 추적한 『사반의 십자가』, 불교의 수도와 정진의 단계를 소신공양이라는 극단적 지점까지 밀고 나간 「등신불」 등 그의 작품 세계 내부에서도 압권을 이룬다.

그중 『사반의 십자가』는 작가 자신이 이에 대하여 "작가 생활 25년 만에 처음으로 작품을 가지게 되었다는 자신이 들었다"고 서슴없이 토로할 만큼 공을 들이고 애착을 가졌던 작품이다. 그의 나이 43세가 되던 해, 필력이 한창 무르익기 시작한 1955년부터 『현대문학』에 연재하여 1957년에 간행된 이 소설로 그는 1958년 예술원 문학 부문 작품상을 수상했다.

이 소설의 주인공은 사반이라고 하는 유대 민족주의 골수분자이다. 예수 그리스도 활동 당시, 로마의 압제하에 있던 이스라엘 백성들이 무장투쟁을 서슴지 않는 열심당(Zealots)을 결성하고 로마의 철권통치에 맞서던 시대를 배경으로 한다.

궁극적으로 사반은 예수의 십자가 처형에 함께 매달린 좌우의 두 강도 가운데 끝까지 종교적 구원을 거부하고 현실적 인간으로 죽어간 왼편 강도다. 성경의 정경 어디에도 그의 이름이 사반이라고 밝혀진 바가 없으나, 김동리는 그에게 그 이름을 부여하고 그를 생동하는 인간의 모습으로 그렸다.

사반은 열심당과 유사한 혈맹단을 조직하고 스스로 그 단장이 된다. 혈맹단에는 하닷이라는 신비스러운 경력을 가진 단사(團師)가 있으며, 그의 딸 실바아는 사반의 아내가 되는 아름다운 여인이다. 사반을 사이에 두고 실바아와 맞서는 막달라 마리아는 사반이 자신의 동생인 줄도 모르고 애인으로 삼은 비운의 여인이며, 성경에서 예수를 최후까지 극진히 따른 실명의 인물을 소설적 상상력으로 차용하여 형상화한 경우다. 이는 예수의 열두 제자에 속해 있는 도마와 유다를 사반의 수하로 설정한 점에서도 마찬가지다.

그는 이와 같은 인물 설정과 인적 구성을 토대로 신성과 인본주의가 서로 대립할 때 인본주의의 목소리가 어떻게 들리며, 이를 어떻게 수용해야 하는가에 대한 난해하고 형이상학적인 문제를 추구했다.

작가 자신에게 소중한 작품일 뿐만 아니라, 이처럼 정신적 비경에의 탐색을 끈기 있게 시도한 작품이 우리 문학사에 매우 드문 만큼, 소중한 이 소설을 주의 깊게 되새겨 읽는 일은 그 효용성을 참으로 강조할 만하다.

2. 유대 민족사 및 성경적 배경

『사반의 십자가』는 한국문학사에 탁발한 족적을 남긴 장편소설로, 한국문학 내에서 가치 있는 창작의 수확이다. 그런데 그 소재와 배경은 한국적 현실과 완전히 동떨어진 것으로, 유대 민족주의와 헤브라이즘의 전통에 결부되어 있는 이스라엘의 역사를 기반으로 하고 있다.

왜 김동리는 그처럼 멀고 먼 지역과 전통에서 창작 영감을 얻은 것일까? 예수 그리스도의 사역 현장과 유대인들의 가열한 민족 해방 의지를 함께 바라보면서, 그는 우리 문학과 우리 문학의 독자들에게 무엇을 발화하려 했을까?

답변부터 간명히 말하자면, 김동리는 이 작품을 통하여 인간의 문제를 인간의 의식과 사고 속에서 해결하려 했다. 작가 자신의 표현을 빌리자면 '인간주의의 틀' 속에서 해결해나가려는 열망을 펼쳐 보이려 한 것이다. 예수의 신성과 신앙적 초절주의를 거부하고 굳은 땅에 굳게 두 발을 딛고 선 인간의 의지를 그 극점까지 추구해보려고 한 문학적 시도의 소산이 곧 이 작품인 셈이다.

종교 문제를 소재로 한 그의 다른 작품들, 예컨대 「무녀도」나 「등신불」 등 빼어난 작품들에도 이와 같은 도식은 공통적으로 적용될 수 있는데, 이러한 문제를 논리화하고 확대해나가면 이른바 그의 '제3휴머니즘'이나 '한국 인간주의'와 마주치게 된다.

말하자면 이 작품과 더불어 김동리에게 문제 되는 것은 단순한 지역적·환경적 차별성이 아니며, 그러한 현실적 전제를 넘어서는 본질적이고 근원적인 삶의 조건이다. 그러기에 한국문학과 별다른 친족관계를 형성하지 않는 재료를 가지고서도 그는 한국문학사에 새로운 정신적 영역을 개척할 수 있었던 것이다. 하지만 이 소설을 보다 주밀하게 읽고 일정한 평가와 가치판단을 하려면, 우선 이 소설이 처한 환경조건을 살펴보는 일에서부터 출발해야 할 것이다.

구약성서는 온갖 간난신고를 헤치고 면면히 이어져온 이스라엘 민족의 생존사이다. 솔로몬 왕국 이후 이들이 남유대와 북이스라엘로 분단되고 마침내는 바빌론의 느부갓네살 왕에게 멸망당해 70년 포로 생활을 감내하면서 이들이 변함없이 품어온 단 하나의 갈망은 곧 '메시아 대망(待望) 사상'이었다. 모세의 출애굽을 기억하면서, 백만 대군을 거느리는 장군의 모습으로 메시아가 나타나서 바빌론 포로의 오욕과 로마 식민 통치의 압제를 물리치고, 과거 역사 속에 찬연히 빛나는 다윗 왕국의 영광을 재현해줄 것을 고대했던 것이다.

그러나 그들이 기다리던 메시아는 오지 않았다. 말구유에서 태어나고 변두리 벽촌 갈릴리에서 성장한 가난한 목수의 아들이 그들의 메시아일 수는 없었다. 그래서 유대교에서는 지금도 예수를 선지자 중의 한 사람으로만 인정할 뿐 구세주로 수용하지는 않고 있다. 이것이 지금까지 기독교와 다른 신앙 체계로 전승되고 있는 유대교의 율법적 판단이요, 유대 민족주의의 독선적 시각이다. 『사반의 십자가』에서 사반의 의식은 바로 이 대목을 중점적으로 대표한다.

이들은 예수가 지상의 왕이 아니라 천상의 왕으로, 창검의 왕이 아니라 화평의 왕으로 오는 것을 수긍하지 않았다. 그뿐만 아니라 구약의 율법을 거스르며 새로운 가르침, 곧 복음을 선포하는 예수는 당대의 최고 종교 의결기관인 산헤드린의 시각으로 볼 때 위험한 이단자요 기존의 율법적 질서를 훼손하는 파괴자였다. 종교 지도자들은 예수를 죽여야 했고 유대 민족주의자들은 이를 납득했다.

예수가 지상에서 이스라엘 민족의 왕국을 회복시킬 의사와 능력이 있느냐 그렇지 않느냐라는 질문은 기독교적 사랑의 완성이자 이 소설의 결미인 '십자가의 최후'에까지 이어진다. 이 질문 또한 천상주의와 인간주의의 분기점에서 결코 천상주의로 경도될 수 없으면서 인간주의만이 절대선이라고 주장하지 못하는 작가 자신의 고뇌이기도 하다.

김동리는 「한국문학과 한국 인간주의」라는 산문에서 서구 문화의 두 원류인 헬레니즘과 헤브라이즘의 속성을 명료하게 구분하고 이 둘의 변증법적 지양을 통해 '한국 인간주의'라는 개념을 도출했다. 이러한 논리적 지향점은 곧 그의 고뇌에 찬 세계관의 갈등이 그 나름의 출구를 찾은 것으로 설명될 수 있겠다.

김동리가 세밀히 풀어서 보여주는 십자가의 두 강도의 태도는 성경 문면상으로는 복음서에 따라서 그 기록이 상반되게 나타난다. 이를테면 마태복음과 마가복음에서는 함께 십자가에 못 박힌 강도들이 모두 예수를 비난하는 것으로 되어 있는데, 누가복음에서는 좌도(左盜)와 우도(右盜)가 정반대의 태도를 나타낸다.

물론 작가는 이 가운데서 누가복음의 기록을 취하고 있으며, 그 외에도 이 작품의 여러 부분에서 볼 수 있듯 미소한 정보에 활달한 상상력으로 부피 있게 살을 붙여서, 우리로 하여금 풍성한 이야기 속으로 진입하는 즐거움을 느끼게 해준다.

3. 이야기 구조의 복원과 그 초점

이 소설의 중심인물인 사반은 혈맹단의 단장이며 격렬한 투쟁주의자요 테러리스트이다. 때로는 도둑으로 불리기도 한다. 그는 로마를 물리치고자 무장투쟁을 전개하기 위해 은밀하게 1, 2, 3차 단원의 조직을 구성하고 기회를 엿본다. 그의 판단으로는 혈맹단과 같은 지엽적인 조직으로 로마군에 부분적인 타격은 줄 수 있을지 모르되, 로마군 전체를 유대 땅에서 축출하는 것은 불가능하다.

그가 민족 해방을 위해 창안한 방책은 메시아의 초인적 능력과 연대하여 그 해방전쟁을 펼치는 것이었으며, 그러할 때 능히 목적을 달성할 수 있으리라 확신했다. 그가 세례요한이 메시아인지 아닌지 예수가 메시아인지 아닌지 혼신의 힘으로 탐색해나가는 것은 바로 그 때문이다.

이윽고 그와 그의 수하들은 예수가 메시아임을 확신하게 되고 이미 상당한 준비가 되어 있는 혈맹단의 상황을 전제로 예수 또는 예수를 따르는 무리들과 연대를 시도한다. 그는 두 번이나 예수와 직접 대면하여 지상의 왕국에 대해 요청을 내놓지만, 예수는 그의 이 현실주의적 제안에 대해 이해할 수 없는 천상주의의 답변으로 일관한다. 마침내 혈맹단은 로마군에 의해 와해되고 예수와 사반은 십자가 형장에서 다시 만난다. 이때 예수를 향한 사반의 공박은 사뭇 신랄하다.

그런데 그 자리에서 사반의 예수에 대한 비판은 현실 속에서 구체적 사실성을 요구하는 인간주의 또는 인본주의의 자기주장이며, 실체가 모호한 종교적 초절주의 또는 신비주의에 대한 거부의 소리이다. 이 긴장감 있는 도식을 구성하기 위하여 작가는 심혈을 기울여 사반이라는 인물을 형상화하고 그를 육화해주는 이야기 구조를 엮어낸 것이다. 이때 사반의 육화는 말씀이 육신의 몸을 입고 왔다는 예수의 성육신과는 개념적 또는 교리적으로 볼 때 서로 반대편에 서 있는 모습이다.

메시아의 능력에 기대어 목표를 이루고자 하는 사반은 두 번째로 예수를 만났을 때 다음과 같은 문답을 나눈다.

> "랍비여, 사람의 생명은 육신과 더불어 있으며 사람의 육신은
> 또한 땅과 더불어 있나이다. 로마인이 만약 우리의 육신을 빼앗
> 아버린다면 우리의 생명은 어느 곳에서 또한 하늘나라를 찾으

며 거듭날 수 있겠나이까."

"사람이여 들으라. 우리의 조상들이 가나안을 떠나 바빌론으로 잡혀갔으나 우리의 마음은 또한 예루살렘으로 돌아와 성전을 일으키지 않았더냐. 진실로 진실로 그대에게 이르노니 예루살렘의 성전은 하늘 나라의 그것보다 크지 못할지니라. 예루살렘의 성전은 땅 위에 세워졌으므로 바빌론이나 로마인에 의해 무너질 수 있으나 하늘에 세운 여호와의 성전은 영원히 깨어질 수 없을지니라. 사람이여 들으라. 그대는 나에게 청하여 왕이 되어라 했으나 나는 이미 저 높은 하늘 나라에 영원히 쓰러지지 않는 새로운 왕국을 세웠느니라. 사람이 만약 그 생명을 나의 왕국에 맺는다면 그는 나와 더불어 영원한 복락을 누리게 될지니라."

"랍비여, 당신이 세우신 하늘의 왕국은 우리가 죽은 뒤에나 가는 곳이올시다. 살아 있는 우리의 생명은 당신의 왕국이 땅 위에도 세워지기를 원하나이다. 지금도 우리의 사랑하는 형제들이 당신의 왕국을 땅 위에 맺으려고 거라사의 산 위에서 로마인에 의하여 죽어가고 있나이다. 로마인의 에움을 풀고 그들을 구해주소서. 그들을 우리와 함께 당신의 왕국으로 이끌어주소서."

"사람이여. 바다(호수) 건너편에 있는 형제의 죽음을 걱정하면서 그대 스스로가 이미 죽어가고 있음을 깨닫지 못하느냐. 그대는 스스로 자기를 살아 있다 생각하나 그대의 삶이 죽음보다 나을 것이 없도다. 그대의 귀는 그대의 마음과 함께 하늘나라의 복음을 듣지 못하고 그대의 마음은 그대의 육신과 함께 땅 위의 모든 죄악에 젖은 채 벗어나지 못하는도다."

문학으로 만나는 기독교 사상

이처럼 서로 평행선을 달리는 양자의 대화를 통해 우리는 종교적 신성과 현실적인 인본주의가 얼마나 완강하게 대립되는 것인지 알아차릴 수 있다.

이 대화의 문면을 성서 고증적 차원에서 살펴보면 무리한 부분이 적지 않다. 예수는 직접 사역을 통하여 "우리의 조상들이" "하늘에 세운 여호와의 성전" 같은 수사적 표현을 쓰지 않았다. 공생애의 시작과 더불어 예수는 이미 이스라엘 열조를 시간적으로 앞서는 성삼위의 한 분이었으며, 하나님을 '여호와'라고 부르지 않고 '내 아버지'라고 호칭했던 것이다.

하지만 이와 같은 문제를 이 소설의 치명적인 결함으로 짚어 작품 자체를 폄하할 수는 없다. 이 대화를 도입한 목적이 신성과 인본주의의 빙탄불상용(氷炭不相容)하는 면모를 확연히 드러내기 위한 것이라면, 적어도 소설적으로는 그렇게 해서 예수의 인간적 면모를 엿보게 해주는 것이 오히려 효과적일 수 있다. 과연 작가는 예수가 이러한 유대 민중의 소망을 불쌍히 여겨서, 주기도문을 가르치는 중에 "땅에서도 이루어지이다"라는 구절을 넣었다는 비성경적, 인본주의적 관점을 제시하기도 한다.

사반의 주장이 천상과 지상을 하나의 묶음으로 바라보려는 일원론적 인식에 근거해 있다면, 예수의 가르침은 이 둘을 분리하여 천상의 소망에 절대적인 무게중심을 두고 지상의 삶을 수용하라는 이원론적 인식을 표방하고 있다는 것이 작가의 생각이다. 물론 이러한 생각은 신학적 측면에서는 여러 가지 검토의 여지를 남긴다. 그러나 이 작품의 소설 문법 내에서는 도마를 비롯한 예수의 제자들이 이러한 일원론적 인식에서 이원론적 인식으로 자신의 인식 방법을 수정해갔다. 그것은 사반의 친동생이면서도, 사반이 자신의 오빠인 줄 모르고 사랑했던 막달라 마리아의 경우에도 마찬가지다.

사반을 사이에 두고 있는 두 여인 막달라 마리아와 실바아는 이 소설을 탄력 있는 삼각관계로 끌어가면서 이야기의 재미를 더하는 구조적 장치로 작용한다. 사반과 사반의 어머니 그리고 막달라 마리아가 꼭같이 잠긴 듯한 목소리를 지니도록 한 것도 잘 활용된 알레고리적 수법이다.

"큰 바위를 깨고 그 속에서 캐어낸 보석인 듯한 두 눈"을 가진 실바아는 신비로운 인물 설정의 동기에 비해 너무 수동적이다. 그의 활동 범주는 이 작가의 「무녀도」에 나오는 낭이의 수준을 벗어나지 못한다. 만약에 실바아가 한층 역동적인 활력을 보였거나, 그 아버지이자 혈맹단의 단사인 하닷이 모사로서의 활약이나 별점의 영험을 나타내었다면, 이 소설은 주제의 부각을 향해 나아가는 이야기의 본류를 한결 더 풍요롭게 장식했을 것이다.

그러한 흠집들이 이 작품에 내포되어 있음에도 불구하고 단편적인 성경의 문면으로부터 이만한 분량의 뒷그림을 복원해낼 수 있는 작가는 흔치 않다. 아울러 그러한 작업이 폭넓은 성경 지식과 관련 자료의 섭렵 없이 가능할 리 없으며, 그런 점에서 작가 스스로 이 작품에 애착과 자신을 가졌을 터다. 우리는 발표된 지 40년을 넘긴 이 작품을 여전히 새로이 경각심을 품고 읽어야 마땅할 것이다.

4. 성경 해석과 자의적 판단의 문제

『사반의 십자가』는 역사적 사건을 소재로 한 소설이다. 그것도 사상 최대의 베스트셀러인, 그리하여 여러 사람에게 익숙한 '성경'이라는 구체적 전범을 모태로 한 역사소설이다. 기실 작품의 소재가 널리 알려진 것일수록 작가가 운신할 수 있는 문학적 공간은 비좁아지고, 작품을 전개해나가기가 쉽지 않다. 성경의 문학적 해석이 쉽지 않고, 자칫 어느 부분에서 예기치 않은 해석상의 누수 현상이 발생할지도 모른다. 경우에 따라서는 어떤 사건이나 현상을 자의적으로 해석하여 무리한 결과를 가져올 수도 있다.

이 소설에서는 실제로 그러한 사례가 적잖이 발생하고 있으며, 그것이 작가의 인본주의적 시각을 발단 사유로 하고 있기 때문에 그 자의적 해석의 유형들을 점검해보는 일은 곧 이 작가가 표출하고 있는 관점을 확인하는 일과 동일하다.

우선 작가는 성경에 언급되는 적지 않은 인물들을 소설 속에서 형상화하여 그들에게 소설의 전개에 조응하는 임무를 부여한다. 앞서 언급한 막달라 마리아나 예수의 제자이며 혈맹단의 주요한 구성원으로 나오는 도마와 유다는 말할 것도 없고, 역시 열두 제자 중 하나이자 막달라 마리아의 이종사촌 오빠인 빌립, 예수 사후 엠마오 도상의 두 제자 중 하나인 글로바, 예수의 능력으로 종의 목숨을 구한 백부장 등 많은 인물들이 성경 문면에서는 나타나지 않은 구체적 직임을 소설 속에서 수행하고 있다.

특히 예수를 배반하는 제자 유다는 현의섭이 예수의 생애를 소설로 쓴 『소설 예수 그리스도』 같은 작품에서는 열심당원으로 나오는데, 여기에서는 열심당과 분명히 구별되어 있는 다른 조직 혈맹단의 단원이다. 실상 성경에서 열두제자 가운데 성경학자들이 '침묵의 제자'라 부르는 '셀롯(열심당원)이라고 하는 시몬'이 포함되어 있는 것을 보면, 당대의 유대 민족주의자들이 어떤 방식으로든 메시아의 초월적 능력을 민족 해방의 에너지로 전화(轉化)시켜보려고 끊임없이 노력했음을 짐작할 수 있다.

그런 점에서 산헤드린의 대제사장에게 예수를 판 유다의 행위를, 단순히 은화 몇 푼을 욕심낸 것이 아니라 유대 민족주의의 열망이 수납되지 아니하고 좌절된 데 대한 반작용이라고 해석하는 것은, 인본주의적 관점 가운데서도 상당히 설득력 있는 대목이다. 다만 유다의 뒷이야기가 알려진 것처럼 비극적이지 않고, 그가 편안한 여생을 보냈다는 에필로그의 덧붙임은 오히려 생략하는 것이 더 좋았을 뻔했다. 이는 막달라 마리아의 종적을 불확실하게 처리하면서 바다에 몸을 던졌는지도 모른다고 암시한 대미 부분에서도 마찬가지다. 잘 알려진 사실을 뒤집어 보일 때는 그것을 통해 어떤 유효한 의미망이 형성되어야 하는데, 이러한 경우처럼 별반 소득이 없이 무리한 걸음을 내디딜 필요는 없기 때문이다.

그 외에도 예수의 성장 과정 중 유일한 기록으로 나타나 있는 12세 때와 5세 때 생각을 구체화한다든지, 세례요한과 더불어 메시아로서의 사명을 자각한다든지, 십자가 희생을 향해 가는 두 번째 예루살렘 행을 오히려 그곳이 덜 위험하기 때문이라고 해석한다든지, 예루살렘 입성 때의 호산나 외침이 마지막 기회의 소망을 건 혈맹단에 의해 주도되었다든지 하는 부분들은 소설의 성격에 맞도록 상황을 구성한 것으로서 어떤 면에서는 이 소설을 소설답게 하는 장점이라고 볼 수 있다.

그러나 다음에 열거하는 몇 가지 시각은 소설의 바탕이 된 성경 텍스트를 해석하는 데 오류를 범하고 있다는 이의와 논란이 언제든지 제기될 수 있을 것이다. 부연하자면 이러한 단편적인 취약점들이 많으면 많을수록 신성과 인본주의의 접점을 탄력성 있게 유지시키고 있는 이 소설의 대립 구조, 즉 소설의 기본적인 골격이 부실해질 수 있

문학으로 만나는 기독교 사상

는 것이다. 그 몇 가지를 작가의 시각과 성경의 본의를 구분하여 비교해보면 다음과 같다.

작가의 관점

1) 수로보니게 출신의 헬라 여인이 귀신 들린 딸을 살려달라고 했을 때 "자녀에게 먹일 떡을 개에게 던지겠느냐"고 냉담히 대답한 것은 정신적 피로와 생명력의 소모감을 느껴 될 수 있으면 못 들은 체하며 지나가버리고 싶기까지 했기 때문이었다.

2) 예수는 제자들 앞에서도 가까운 장래에 십자가에 달리리라고 일러둔 바 있었지만, 이왕 십자가를 져야 한다면 좀 더 보람 있게 빛나고 싶다는 생각이 처음부터 그의 의식 속에 잠재되어 있었던 것이다.

3) 그날이 마침 예비일(금요일)이라, 그날 안으로 그들을 처치해야 했다. 제사장과 서기관들은 빌라도에게 청하여 예부터 전해 내려오는 방식대로 그들의 다리를 꺾어 숨을 거두게 했다.

4) 아리마대 요셉이 무덤으로 가서, 부활한 후 간신히 왼팔을 조금 움직이는 예수의 몸을 싸서 밖으로 안고 나갔다.

성경적 관점

1) 헬라 여인에게 그렇게 말한 것은 그의 믿음을 시험하기 위해서였다. 예수는 어떤 경우에도 믿음을 먼저 보고 병을 고쳐주었다.

2) 십자가의 최후는 이미 구약 곳곳에 예언되어 있는 것으로 인간에의 사랑과 구원의 완성이다. 그것은 말할 수 없는 모멸 속에 엄청난 희생을 요구하는, 그야말로 '쓴 잔'이다. 예수 자신이 이를 빛나게 치장하는 것은 곧 그 의미를 무화시키는 것이다.

3) 요한복음 19장 31절 이하에 두 강도의 다리를 꺾었지만 그때 예수는 이미 절명하였

으므로 다리를 꺾지 아니하였다. 이는 구약에서 "그 뼈가 하나도 꺾이우지 아니하리라" 한 말씀에 응하게 하려 함이었다.

4) 아리마대 요셉은 빌라도에게 허락을 받아 십자가에서 죽은 예수를 장사한 사람으로서, 예수의 부활은 신성의 본질에 근거한 완벽한 부활이므로 '간신히 팔을 움직이는' 차원의 부활은 기독교 교리 전체에 대한 이해가 부족한 것이다.

물론 여기서 두 번째 항의 성경적 관점은 필자가 작성한 것이다. 비교 방식이 거칠기는 하지만 이 두 관점을 대비해보면 김동리가 이 소설을 쓰면서 작동시키고 있는 인본주의의 관점이 어떠한지 명백하게 드러난다.

김동리에게 신성과 인본주의는 영원히 만날 수 없는 대극의 자리에 있다. 김동리 또한 인본주의의 관점에 주력하여 소설을 쓰되, 양자택일의 판결은 보류해놓았다. 이론적으로는 이러한 입장이 작가가 개진한 '신인간주의'로 연결되며, 이 작품에 대한 어떤 논자의 "신인간주의를 우리의 신문학사상 일찍이 유례가 없는 웅혼 정대한 규모로 전개시킨 장편"이라는 다소 격앙된 평가를 통해서도 이를 입증할 수 있다.

인간주의 또는 인본주의의 관점에서 바라보는 김동리의 기독교는 기독교 본래의 신앙적 교리에 잇대어져 설명되지 않으며, 차라리 동양적 정신사의 원형에 그 맥이 닿아 있다고 하는 편이 옳을지도 모른다. 종교 문제를 소재로 한 그의 다른 작품들에서도 인간중심주의의 사고가 유사한 형태로 나타나고 있다는 사실은 하나의 예증이라 할 수 있겠다.

'숨은 신'의 시대와 '접신'의 형식

유재용의 『성자여 어디 계십니까』와 『사로잡힌 영혼』

1. 『성자여 어디 계십니까』

1-1. 두 개의 모티프, 신의 실재성과 창녀와의 사랑

유재용의 『성자여 어디 계십니까』는 『동서문학』 1990년 12월호부터 1992년 여름호까지 연재되었던 것을 단행본으로 묶은 장편소설이다.

유재용은 1936년 강원도 금화에서 출생했으며 1969년 『현대문학』에 단편 「손 이야기」와 「상지대」가 추천되면서 문단에 나왔다. 등단 초기부터 지금까지 20여 년에 이르도록 한결같이 정통적인 사실주의 기법의 소설을 써온 그는, 당대 문학에서 작가로서의 성실성과 이야기를 만들어내는 능력이 조화를 이룬 사례로 꼽힐 만하다.

처녀작 「손 이야기」로 신인 예술상을 받은 이래 그는 1978년 「두고 온 사람」 및 「호도나무골 전설」로 현대문학상을, 1980년 「관계」로 이

상문학상을, 1987년 「어제 울린 총소리」로 동인문학상을 받았다. 그 뒤로 계속해서 「누님의 초상」, 「화신제」, 『성역』, 『침묵의 땅』, 『성자여 어디 계십니까』 등 역작들을 발표해왔다.

장편소설 『성자여 어디 계십니까』는 선택된 주제를 이야기로 꾸며 가는 데에서 중견작가다운 진중함과 완숙함을 물씬 풍긴다.

주인공인 전도사 박요단이 교회를 개척하기 위해 계림이라는 신생 도시를 찾아가고, 여러 우여곡절 끝에 창녀 출신의 권미림이라는 여자를 아내로 맞아 살면서, 그의 곤고한 목회를 통해 신과 인간의 계층적 갈등을 드러내는 것이 이 소설의 주된 줄거리이다. 이 소설에서는 천지 만물을 창조하고 길흉화복을 주재하는 절대자로서의 신이 과연 실재하는가, 만약 그러하다면 인간의 구체적인 삶에 대한 신의 권능과 역할은 무엇인가라는 기독교 역사 이래의 의문점을 하나의 축으로 삼고 있다. 그러면서 '지식인 남성과 창녀의 사랑'이라고 하는, 우리가 국내외의 소설 작품들을 통하여 익히 보아온 담화의 도식을 또 다른 하나의 축으로 세우고 있다.

근래에 와서 우리 문단에서는 유재용의 이 작품 외에도 이승우의 『황금가면』이나 정광숙의 『순교자의 피』처럼 종교와 신의 의미를 새롭게 탐색해보려는 장편소설들이 지속적으로 출간되어 관심을 모으고 있으며, 그간 이문열, 조성기 등의 작가가 쌓아온 이 분야의 성과와 더불어 이제는 한층 더 체계적인 검증이 요청된다.

기독교의 절대자와 그 존재 방식에 대한 질문은 근본적으로 직관적이고 종합적인 성향을 띠는 동양의 문화 전통 아래에서가 아니라, 논리적이고 분석적인 경향이 드러나는 서구의 문화적 관습 아래에서 답변이 제시될 수밖에 없다. 그것이 헤브라이즘적 해석으로 시도되느냐 아니면 헬레니즘적 해석으로 시도되느냐에 따라서, 그것이 신화문학

문학으로 만나는 기독교 사상

론적 차원에서 설명되느냐 아니면 문학사회학적 차원에서 설명되느냐에 따라서 답변의 방향도 달라질 수밖에 없다. 그 다른 방향이란 단순한 이질성 수준이 아니라 극단적인 상치의 외양을 보이게 마련이다. 기독교 소재의 문학에서 가치 지향적 전범으로서의 『실락원』과 가치 부정적 전범으로서의 『데카메론』이 표방하는 상극의 대립이 이를 잘 말해준다.

'신은 죽었다'는 니체의 선언과 '신은 구름 뒤에 숨어버렸다'고 골드만이 단정하는 수사가 설득력을 가질 만큼 패악한 이 시대에, 신의 위상이란 진정 어떠한 것인가. 작가는 이 무거운 명제에 어떤 답안을 내놓을 작정으로 이 소설을 썼는가. 결론부터 말하자면 작가는 답변을 유보하고 말았다. 그것은 어쩌면 한 편의 소설로 온전하게 대응할 수 없는 주제인지도 모른다. 책으로는 완성되었지만 이야기가 완결되지 아니하였으므로 그의 후속 작업과 정제된 결론을 기다려볼 필요도 있겠다.

지식인 또는 상류 계급 청년과 창녀의 사랑이라는 모티프는 우선 그 상대역 선정의 파격성으로 인하여 소설적 흥미를 유발한다. 그런가 하면 바로 그 요인으로 인하여 독자의 기호에 영합하는 천박성이 지적되거나 때로는 진부하다는 평가를 불러일으킬 수도 있다.

결국 이 낯설지 않은 소재를 다루는 작가의 솜씨가 관건이라 하겠는데, 『춘희』나 『죄와 벌』 같은 이름 난 작품들이 그 좋은 예다. 창녀와의 사랑에 따르는 감정적 정직성과 친권 윤리의 배타성이 상충함으로써 마침내 우수 어린 결말에 이르는 『춘희』나, 철학적 논리에 의한 살인과 죄에 대한 참회를 감싸 안음으로써 절대적인 사랑에 도달하는 『죄와 벌』의 경우에서 우리는 범상한 주제를 인본주의의 극점 또는 세계사적 전망의 높이로 끌어올린 작가 의식을 엿볼 수 있다.

그러기에 존 메이시는 그의 『세계문학사』에서 『죄와 벌』을 두고 "라스콜니코프와 소냐라는 두 젊은이의 사랑이 러시아와 세계 전체를 구제하는 장래를 꿈꾸었다"고 기술하고 있으며, 게오르크 루카치는 그의 『소설의 이론』 말미에서 바로 이러한 총체적 전망을 평가하여 "도스토옙스키는 단 한 편의 소설도 쓰지 않았다", 즉 그의 소설은 지금까지의 소설들과는 다른, 전혀 새로운 서사 세계에 속한다고 매우 도전적으로 단언하고 있는 것이다.

그렇다면 우리의 작가 유재용은 이 전도사와 창녀의 결혼이라는 문제를 어떻게 다루고 있는가. 작품 속에 어떤 사회사적 의의를 담은 것일까. 여기에는 앞의 두 작품에서 볼 수 있었던 신실한 사랑의 그림자는 찾아볼 수 없다. 박요단과 권미림은, 아니 박요단은 권미림과 사랑의 내적 충동에서 결혼하는 것이 아니라 사명감에 입각한 외적 당위론에서 결혼한다. 다시 말하자면 이 소설은 기본적으로 인간과 인간 사이의 농밀한 사랑 이야기가 아닌 셈이며, 신과 인간의 관계를 파격적 남녀 관계의 구도를 통해 짚어보려는 의도의 소산인 것이다. 그러할 때 우리가 제기한 두 개의 모티프는 전자가 후자를 포괄하고 후자는 전자에 종속되는 형태로 정리된다.

1-2. 응답 없는 시대의 사역, 그 미완의 꿈

주인공 박요단은 소설의 초입에서 전도사 신분으로 등장한다. 그는 천당과 지옥으로 구분되는 사후 세계의 영역과 그 갈림길의 심판을 확신하고 있으며, 때로 기도하면서 신의 내밀한 교시를 감각하기도 한다. 그러한 열정으로 그는 계림의 한 공터에 천막을 치고 무모하기 이를 데 없는 열악한 조건에서 교회를 개척한다.

그가 처음으로 계림에 도착하여 밤을 지낸 마리아 여관 골목은, 성경적인 의미에서 '소돔과 고모라'의 축소판이다. 그곳에 도사리고 있는 매음과 폭력 조직, 그 악의 뿌리는 깊이를 짐작하기 어렵다. 이 거대한 조직 앞에 적수공권의 무방비로 마주 선 전도사 박요단이 과연 무엇을 할 수 있을 것인가. 소설 바깥의 사실적인 시각에 근거하여서도 그러하거니와 이 요목을 충족시킬 수 있는 소설적 상황이 구성되지 않고서는 소설 자체가 앞으로 나아갈 여지가 없다.

이 난관을 넘어서기 위하여 작가가 마련한 대안은 두 가지인데, 하나는 소설 속에 '연극 공연'이라는 사건을 도입하는 것이고 다른 하나는 박요단과 권미림의 결혼이라는 사건을 일으키는 것이다.

연극 공연의 도입에는 이동철이라는 주목할 만한 인물이 개입되어 있다. 이동철은 처음에 교회 부지를 소개한 복덕방의 일원으로 박요단과 대면하지만, 차츰차츰 박요단의 목회 활동에 충고와 영향력을 보태며 역할을 확장하고, 마침내 연극 공연의 기획자가 되어 박요단의 결혼 및 그 주변 문제도 조정한다.

연극 내용은 곧 전도사와 창녀 및 폭력 조직 사이에 얽힌 표면적 사건 그대로다. 소설 전개상의 필요에 따라 연극의 도입이 촉발된 만큼 연극은 소설의 진행에 극적인 굴곡과 탄력적인 효과를 더한다. 연극 내용이 품고 있는 이야기의 상징성도 그렇지만, 연극이 공연됨으로써 박요단의 활민교회도 돈을 주고 산 창녀들의 예배 참석에서 연극 단원들의 예배 참석으로 자연스럽게 외형이 변모해간다.

연극 공연이 주인공 박요단과 계림이라는 공간적 배경을 표층적으로 접합시키는 몫을 담당하고 있다면, 이 둘을 심층적으로 악수하게 하는 몫은 박요단과 권미림의 결혼이다. 이 결혼을 통하여 박요단은 마리아 여관 골의 창녀촌과 직접적인 관련을 맺게 되고, 더 깊숙하게는 권미림의 뒤에 도사리고 있는 검은 세력과의 길항(拮抗)에 나서기에 이른다.

박요단 편에서는 나병 환자를 돌보기 위해 스스로 나병 환자가 된 살신(殺身) 예화처럼 완전한 희생은 아니더라도 신의 공의와 사랑을 실천하려는 진정성이 있는 반면, 권미림의 편에서는 도덕적 마비 증세, 또는 뒤에서 조종하는 자의 뜻에 따라 움직이는 빼어난 연기력이 있을 뿐이다. 그녀는 박요단과 결혼한 몸이면서도 서슴없이 창녀 시절의 유객 행위를 되풀이한다.

악연이라고 부를 수밖에 없는 이들 두 사람의 상관성은 결국 이 소설에서 종교적 경건과 세속의 패악이 부딪치는 형상을 환기시킨다. 그것은 또한 순수한 종교적 열정을 굴절 없이 받아들이기에는 이 세상이 너무 극심하게 혼탁해져버렸다는 작가의 날카로운 경각심을 반영하고 있기도 하다.

성심을 다한 간절한 기도, 그것을 실행에 옮기는 가운데 신은 결코 확연한 응답을 내려주지 않는다. 박요단의 사역은 그러므로 이 응답 없는 시대에 절대자의 율례를 좇아가는 곤비(困憊)의 길이요, 미완의 꿈일 따름이다. 그리하여 작가는 과연 신이 실재하는가라는 존재론적인 질문에 대한 단답형의 응대보다는 그 선험적인 확신을 따라가는 인간의 성의에 찬 노력을 높이 사는 태도를 견지하고 있다.

그렇게 본다면 소설의 결미에서 제시되는 박요단의 좌절, 예컨대 아내 권미림에게서 전혀 개전(開悛)의 정을 볼 수 없다든지 천막 교회에 화재가 발생한다든지 하는 일은, 그의 일방적인 패배로 치부될 성질이 아니다. 더구나 기독교는 그 교리의 성격이 매우 역설적이어서, 고난을 극복함으로써 더욱 신의 영광을 드러낸다는 규범도 있다. 그런 의미에서 이 소설은 얼마든지 계속해서 쓰일 수 있을 것이다.

문학으로 만나는 기독교 사상

부분적으로 권미림과의 결혼을 결단하는 대목이나 하나님의 분부를 주장하는 대목의 객관적 논리화, 끝부분에 이르러 느닷없는 성자의 출현 문제를 단계적으로 완충하는 장치 등은 작가의 몰입도가 좀 느슨해진 느낌을 준다. 하긴 성자라는 개념이 튀어나오는 그 느닷없음만큼이나, 종교적 신성이 세상의 부박함 속에 자리 잡기 어렵다는 점이 증명될 수는 있을 것이다.

어쨌거나 우리는 유재용이 이 작품을 통하여 종교적 심성과 세속의 저잣거리가 어떻게 마찰하는가를 유재용다운 성실성과 사실성에 기반을 둔 차분한 필치에 기대어 읽을 수 있었다. 만약 그가 후속편을 쓰게 된다면, 여기에서 유보된 신의 실재성에 대한 철학적 답변을 준비하는 동시에 사상을 담은 문학의 깊이를 체현해주기를 요청해보고자 한다.

2. 『사로잡힌 영혼』

2-1. 종교성의 깊이를 천착하는 소설 세계

유재용의 소설 『사로잡힌 영혼』은 『문학사상』 1992년 1월호부터 1993년 5월호까지 17회에 걸쳐 연재되었고, 그로부터 10여 년이 지난 다음 연재 당시의 제1부, 제2부에 제3부를 더하여 새로이 완결되었다. 이 작품은 종교적 교리나 종교와 인간의 관계와 같은 본질적인 문제를 탐색한 작품은 아니지만, 그 소재와 배경이 다분히 종교적인 색채를 강렬하게 내포하고 있다.

과연 유재용은 적지 않게 종교적 성향의 작품을 썼고, 그것은 주로 기독교에 관한 내용을 다루었다. 그런데 이 작품은 무속이나 민간신앙, 그리고 불교의 정신적 깊이를 추적하는 새로운 성향을 띠고 있으며, 제3부에서 기독교 신앙에까지 이르는 폭넓은 작가 의식의 운용 범주를 보이고 있어, 유재용의 전체적인 작품세계 안에서 주목을 요한다.

고교 재학 중이던 1955년, 허리 병을 앓아 불치 진단을 받고 쑥뜸을 뜨며 누워 지낸 10년 이상의 세월은 물론이고, 그가 투병 생활을 하며 끈기 있게 문학 수업을 하고 마침내 우리 문단의 비중 있는 작가로 일어서게 된 배면에는 매우 감동적인 인간 승리의 예화가 숨어 있는 셈이다. 곤고하고 아득하게 격리되어 있던 그 시절, 아마도 문학은 그에게 협소한 통로로 열려 있던 세상을 향한 탈출구와도 같았을 터이다.

단편 「성자를 위하여」, 장편 『성역』과 『성자여, 어디 계십니까』에서는 삶의 현장에 대한 문학적 탐색이 한층 그 철학성을 증폭하여 신의 실재성, 신과 인간의 상관성, 참된 신앙의 사회사적 의미 등을 심층적으로 추적해 들어간다. 그 종교적 교리의 잣대는 앞서 언급한 바와 같이 기독교적이다.

「성자를 위하여」에서는 신앙의 온당한 모습이 개인적 영혼 구원에 있는가, 아니면 사회적 헌신의 실천에 있는가라는 고전적인 명제를 상기시키면서, 한 사람의 성자를 탄생시키기 위해 희생의 제물로 소모되는 사람들의 삶을 어떻게 해명할 것인지 묻는다.

『성역』은 두 갈래의 서로 다른 이야기를 병치시키는 이중 구조의 얼개 아래, 사건의 외부로부터 내면으로 잠입하는 추리소설의 방식을 원용하여, 그 영역이 현저히 다르고도 멀리 있는 신과 인간의 상관성을 탄력적으로 검증한다.

그런가 하면 『성자여, 어디 계십니까』에서는 신이 구름 뒤로 후퇴해버린 '숨은 신'의 시대에 응답 없는 사역을 시도해나가는 한 전도사를 통해, 그 미완의 꿈이 끌어안고 있는 참된 의미망이 어떻게 드러나는가를 긴장감 있게 그려낸다.

물론 이와 같은 종교적 주제를 담고 있는 작품들만이 유재용 작품 세계의 근간은 아니다. 그러나 그의 대사회적 관심의 상당한 분량을 차지하는 분단 문제와 마찬가지로, 작품 활동의 후기에 이를수록 사실주의적 차원의 세계관으로부터 종교적 깊이의 견식을 더해가는 완숙한 시각들이 묵직한 무게를 차지하고 있는 것이 사실이다.

그것은 곧 그의 일관된 정통파적 소설 작업이 다른 작가들의 경우처럼 특별한 소재를 찾아 나선다거나, 과도한 형식 실험을 감행한다거나, 역사적 사실의 편의(偏倚) 속으로 침잠하는 등의 변형 행로를 따라가는 것이 아니라, 그 일관 작업을 지속적으로 밀고 나가는 행위의 연장선상에서 비로소 걷어 올려지는 소설적 사상성의 확보라 할 수 있을 것이다. 그러기에 항용 사실성의 균형이 허물어지기 쉬운 종교적 소재에 대한 성찰까지도 그의 경우 단단한 안정감을 유지하고 있는 편이다.

『사로잡힌 영혼』은 그 종교적 소재와 배경의 태깔을 바꾸어 우리의 전통적 문화권에 익숙한 불교, 무속, 민간신앙의 범신론적 세계관 위에 그물을 던지고 있다. 그리하여 한 어린아이의 내면이 외부 세계와의 접촉을 통해 겪게 되는 이름 모를 불안과 그로 인한 수시 혼절의 원인을, 그 심연의 바닥을 두드려보려 한다.

그런 만큼 이 작품에서는 종교적 성향의 '영역' 문제와 그것을 바탕으로 한 어린아이의 사회의식이 눈을 떠가는 성장소설의 '유형' 문제가 주요한 논의의 대상으로 떠오를 수밖에 없다. 아울러 그러한 측면이 유재용의 세계에서 점유하는 위상이 무엇인가를 성찰해보아야 할 것이다.

2-2. 성장통의 특별한 유형과 영혼의 혼란

아직까지는 종교적 심성과 세속의 저잣거리가 어떻게 마찰하는가를 유재용다운 입담과 사실성에 기반을 둔 필치에 기대어 읽어내는 데 만족할 수밖에 없다. 그러는 동안에 그는 유보된 신의 실재성 문제에 대한 사상적 깊이를 갖춘 답변을 준비해나갈 것으로 짐작된다. 그의 중진 작가다운 진중함과 완숙함의 미덕이 이 기대에 힘을 실어줄 것으로 여겨진다.

장편소설 『사로잡힌 영혼』은 바로 그와 같은 과정과 노력의 일환으로 받아들여도 큰 무리가 없을 것 같다. 다만 앞서도 언급한 바와 같이 그 탐색의 방향을 동양 문화권의 종교적 영역으로 전화시키고 있으며, 특히 불교의 정신적 근저에 관한 새로운 관심이 폭넓게 드러나 보인다.

우리의 현대문학사에서 불교를 소재로 한 단편 및 장편의 수는 그 뿌리와 열매가 기독교에 관련된 작품 이상으로 방대하다. 물론 문제는 그 분량의 집적에 있지 않고 질적인 수준에 있다 하겠는데, 예를 들어 한승원의 『아제아제 바라아제』 같은 경우 불교적 사유의 막막한 깊이와 깨달음에 이르는 험난한 도정이 매우 치열하게 그려진 범례가 되고 있다.

유재용은 스토리의 진척과 더불어 무속, 민간신앙, 불교, 기독교의 사유 체계를 바탕에 깔고 그 바탕 위에서 더 돋보이는 한 소년의 고통스러운 내면을 검증해 보이려 한다.

그러할 때 유재용이 오랜 기간에 걸쳐 공들여 쓴 이 소설에는 종교적 환경 조건이라는 하나의 중심축과 한 어린 영혼의 세계를 향한 시야 확장이라는 또 다른 하나의 중심축이 함께 작동한다. 후자의 중심축은 입사(入社) 의식으로 다듬어지는 성장소설의 면모를 약여히 보인다.

주인공의 인격이 성장하고 발전해가는 과정을 중심으로 전개되는 소설을 우리는 성장소설, 교양소설, 발전소설 등의 이름으로 부른다. 한 젊은 주인공이 환경과 교류하거나 맞서면서 사상이 고상해지거나 건전한 영혼의 소유자로 성장하거나 인간적으로 완성되어가는 과정을 그리는 형식이다. 이와 같은 형식의 소설은 근대 독일 문학에서 두드러지게 융성했다.

괴테의 『빌헬름 마이스터의 수업시대』와 『빌헬름 마이스터의 편력시대』, 토마스 만의 『마의 산』, 헤르만 헤세의 『데미안』 등이 그 좋은 예다. 한국문학으로는 김용성의 『도둑 일기』 같은 대표적인 작품이 있으며, 유재용의 초기 단편 중에서도 이러한 유형의 작품들을 여럿 볼 수 있다.

『사로잡힌 영혼』에서 주인공 웅세가 앓고 있는 지병과 불안감 그리고 그것을 촉발하는 숨은 비밀을 밝혀나가면서 작가는 웅세의 정신적 · 육체적인 성숙의 깊이를 더해간다. 그러므로 그의 지병은 이야기의 진행을 가능하게 하는 화소인 동시에 그 자신의 고통스러운 체험을 여러 유형으로 제시하는 종교성의 거울, 그 반사경에 비추어 보는 화두가 되기도 한다.

작가는 소설의 첫머리에서 수시로 웅세를 혼절시키는 이름 모를 어떤 세력의 음습(陰襲)을 이렇게 서술하고 있다.

> 웅세는 순간적인 어떤 느낌으로 그 징조를 알아차렸다. 곧이어
> 하늘 어디쯤에서 수상한 빛이 나타나 번졌다. 분홍, 주황, 진홍,

자주 따위 붉은색 계통 빛깔이었다.

색깔이 춤을 추었다. 출렁이는 파도를 타고 바다 가득 퍼지는 아침 놀빛의 기세였다. 광풍이 일어 회오리를 만들었다. 산더미처럼 커진 회오리바람이 천지를 휩싸 안을 듯 휘몰아쳐 왔다. 엄청난 소용돌이였다.

이윽고 응세는 소용돌이 안으로 휘말려 들어갔다. 몸이 광풍에 갈가리 찢기고 있었다. 아니 회오리와 소용돌이가 동아줄이 되고 그물이 되어 팔, 다리, 가슴, 배, 목덜미를 휘감아 옥죄고 있었다. 뿌리치고 버둥거리고 허우적거리며 안간힘을 썼다. 하지만 당할 수가 없었다.

팔다리에서 몸통에서 힘이 빠져나갔다. 이제 끝장이로구나. 응세는 그렇게 느끼며 아득하게 정신을 잃어갔다.

이 서술은 응세의 꿈이나 환각 속에서 일어나는 상황이 아니라 현실의 삶 속에서 걸핏하면 겪는 실제 상황이다. 이제 갓 열 살 먹은 어린 소년이 감당할 수 있는 사건이 도저히 아니다.

『사로잡힌 영혼』이라는 소설의 제목이 시사하는 바와 같이 그것은 어떤 강압적이고 마성적인 힘으로부터 말미암는다. 응세는 언제부터인가 자기가 대항할 수 없는 어떤 큰 힘의 손아귀에, 그물에, 사슬에 묶여 있음을 느껴왔다. 그 힘의 정체는 소설 말미에 이르도록 명확하게 드러나지 않는다.

만일 그것이 확고한 외형을 가진 것이라면 이 작품을 구성하는 여러 가지 이야기의 마디들이 느슨해지고 퇴색될 수밖에 없을 것이다. 오대산 큰무당의 잡귀 쫓아내는 굿이나 그 오대산으로의 피접(避接), 상두꾼 김정승 영감의 희생 제의, 수운사에서의 불심 수도 등은 모두

이 정체불명의 힘에 대응하는 소설적 반응의 방식들이다.

작가는 이러한 여러 방식을 통해 각기의 논리에 따라 그 악한 힘의 존재를 암시하고 있는데, 대체로 공통된 점이 있다면 그것을 '잡귀의 장난'으로 인식한다는 사실이다. 특히 산사에서 만난 혜각 스님은 이를 전생의 업보로 설명하여 응세의 공감을 불러일으킨다.

> 응세는 자기도 걸망 하나 어깨에 걸치고 혜각 스님 따라 걸식
> 행각의 길을 떠나고 싶었다. 전생을 찾아가는 길이었다. 할아버
> 지는 전생에서 응세와 어떤 사이였을까. 정미는, 스트롱은, 그
> 리고 김정승은 전생에서 응세와 어떤 인연을 맺었을까. 그것을
> 알아내야 한다. 그래야 사슬에서 놓여날 수가 있는 것이다.

그러나 응세는 결국 걸식 행각을 따라나서지 못한다. 혜각 스님만 쫓겨나고 응세는 수운사에 남아 다음 이야기를 맞이해야 한다. 그것은 절 뒤편 암자에서 탱화를 그리는 금어 및 그녀의 죽은 딸 순님이의 혼령과 육신으로 접촉하는 일이다. 나중에 이 일이 발각되어 금어마저도 음란 잡귀로 절에서 쫓겨나는 사건으로 번지게 된다.

제2부의 말미에서 응세는 일갓집 아저씨를 따라 다시 집으로 돌아간다. 산문 밖을 나서서 눈발 날리는 비탈길을 걸어 내려가면서도 그는 마음이 개운치 않다. 여전히 사슬에 묶여 끌려가는 듯한 느낌이다.

2-3. 범신론적 세계관을 부양하는 형식성

제3부는 이야기의 흐름이 응세의 성장기를 거쳐 결혼기로 넘어가고, 종교성의 문제 또한 이 작가에게 익숙한 기독교적 세계로 진입한다.

웅세가 그 아내 정분과의 관계, 곧 결혼 및 결혼 생활 가운데 혼절의 위기를 견뎌가며 자의식을 성숙시켜나가는 것과, 작가가 이 여러 사건의 절목(絶目)을 기독교의 교리에 반사해 보이는 것은 소설 전체의 균형성에 대한 고려가 반영된 것이다.

물론 이때의 기독교는 그 원론적이고 본질적인 의미와 소설적 사건의 접점이나 기독교 신앙의 실천에 내재된 순기능적 장점을 발양하는 방향으로 제시되지 않는다. 기독교 또한 이 소설의 중심 주제인 성장의 병통(病痛)이나 접신(接神)을 통해 존재론적 불안감의 근원을 탐색하는 하나의 방책으로 기능할 따름이다. 이를테면 이 소설에 나타난 그의 종교관은 범신론적 접근 방식에 입각해 있다.

종교적 성찰의 바탕 위에서 한 아이의 불행한 정황과 극대화된 불안감을 밝혀나갈 때, 이 작품을 값지게 하는 것은 그 과정상의 사실성과 담담한 서술 형식이 자아내는 미더움이다. 유재용 특유의 작법은 자칫 종교 소재의 소설을 관념적인 현학의 늪으로 침잠하게 하거나 산만한 사건의 나열로 전락하게 하는 위험성으로부터 방호해주는 기능을 한다. 정통적인 사실주의 기법의 신봉자로서 이야기의 재미, 작품 구조화, 등장인물들의 전형적 성격 형상화, 사상성의 깊이를 가진 주제 의식 등 여러 요긴한 항목에도 치밀한 손질을 가했음을 감지할 수 있다.

동양문화권의 범신론적 세계관을 배경 삼은 만큼, 작가는 기독교 교리에 관련된 소설들을 쓸 때와는 달리 설화나 꿈을 소설 내부의 유사한 사정과 빈번하게 결부하여 활용한다. 오대산 큰무당의 딸 정미와 설화 속에 나오는 무당의 딸 꽃님이의 설정이나, 그 여자들이 모두 낭떠러지에서 떨어져 죽는 사건, 무속, 민간신앙, 불교에서 동일하게 등장하는 전생의 인연, 산사에서 가위 눌리며 꾸었던 매와 비둘기의 꿈,

그리고 빈 절터에서 과거의 융성한 모습이 복원되어 보이는 환각 등이 그 구체적 세부들이다. 두말할 것도 없이 이러한 이야기 장치들은 기독교 성향의 작품들에서는 제 몫을 다할 수 없다.

유재용의 문체는 그 흐름이 사실주의적 행보를 유지하고 있는 반면, 때때로 긴장 어린 비장감과 능청스러운 딴전 피우기가 병행되기도 한다. 그러면서도 소설의 무게중심이 흔들릴 수 있는 범주 밖으로 결코 벗어나지 않는다. 무당의 신당에서 벌어진, 그리고 암자의 금어와 겪게 되는 성희(性戲)의 장면도 예술성의 여과를 거쳐 극히 상징적으로 표현된다. 그런가 하면 김정승이 고양이를 죽이는 장면에서는 읽는 이들이 몸서리칠 만큼 생생한 잔혹함의 효과를 유발하기도 한다.

이 소설은 종교적 배경을 차용하고, 또 차용된 종교의 속성에 따라 이야기의 윤색을 더하며 사건의 극적 구성에 이르고 있지만, 궁극적으로 종교적 교리의 본질을 말한 작품이 아니다. 애당초 작가가 목표로 삼은 것은 알 수 없는 어떤 힘, 소설 속에서 여러 차례 잡귀의 소행으로 진술되고 있는 그러한 힘의 소재와, 그것에 사로잡힌 한 어린 영혼의 존재론적 불안감을 적출해내는 것이었을 터이다.

만일 이와 같은 명제에 확고부동한 답안이 마련된다면, 그것은 종교적 태도이지 소설적 태도는 아니다. 그러기에 그 불안감과 고통스러움의 원인 행위 적출보다는 그것이 형성되고 드러나고 일정한 결과를 형성하는 과정의 모습이 더 중점적으로 모색되게 마련이다. 그런 의미에서 이 소설은 유재용의 전체적인 작품 세계 안에서 인간의 삶을 또 다른 사상성의 유형화로 규정해보는 새로운 지평을 열었다고 할 수 있겠다.

'당신의 천국'으로 간 세기의 작가

추모와 회고로 다시 보는 이청준의 세계

1. 현대문학 100년의 특별한 작가

장마철이기 때문이었을까? 그를 영결(永訣)하는 날은 그의 진중한 소설 어느 한 장면처럼 굵은 빗발이 날렸다. 작가 이청준 선생. 말년에 이르도록 선이 곱고 단정한 얼굴의 미소가 문필가로서의 순정한 속내처럼 해맑았던 분. 그러나 그가 남긴 한국문학사의 유다른 문학적 노적가리는 결단코 그렇게 한두 마디의 언사로 요약할 수 있는 것이 아니었다.

그가 있어 한국문학은 그 가장 큰 단처로 지목되는 '창작'에서의 지적 수준 또는 사상성의 공백을 현저한 부피로 보완할 수 있었다. 그러기에 한 원로 비평가는, 그의 세계야말로 지적 전통에서 무학자(無學者)나 학업 중도 포기 자격의 소설이 즐비한 판에 볼품 있는 식자(識者) 격의 소설을 일종의 전범(典範)처럼 보여주었다고 지적했다. 이를테면 그는 한국 현대문학 100년사에 보기 드문 특별한 작가였다.

필자가 이청준의 소설과 처음으로 면대한 것은 대학 국문과 초년 시절이었다. 그 빼어난 작품 「이어도」를 읽던 나는 처음엔 도무지 무슨 이야기인지 알 수 없었다. 그러다 여러 차례 반복해 읽자 작가가 무슨 말을 하고자 하는지 비로소 깨달아졌다. 분주한 세상살이 가운데 문학의 줄을 놓지 않은 까닭에 이 작품을 다시 읽을 때마다 필자의 나이에 따라 주제에 대한 이해의 빛깔이 달리 나타나는 기이한 체험을 할 수 있었다.

비단 이 소설뿐이겠는가. 그는 지속적으로 작품을 통해 질문하고 작품을 통해 답변하는 작가였다. 그의 소설을 읽는 일은, 그러므로 매우 치열한 문학 토론 교실에 들어서는 논객의 형용을 닮아야 했다. 때로 작가 자신은 슬쩍 뒤로 물러서고 애꿎은 중간자 이야기꾼이나 액자소설 형식을 활용하여 논쟁을 유발하고, 결론은 열린 상태로 독자에게 미루어버리는 사례도 숱했다. 이를테면 그는 겸허하면서도 주도면밀한 발화자였다.

문학 이론을 공부하는 기간 전반에 걸쳐 그의 세계와 절연될 수 없었던 필자는, 결국 박사학위 논문의 한 부분으로 그의 「이어도」와 「비화밀교」를 분석하고 한국 소설의 낙원 의식 가운데 중요한 지점을 점유하는 작품으로 그 위상을 정초(定礎)했다. 이 논문을 받아본 작가는 자신의 책 한 권과 함께 간곡한 문안의 글을 보내왔다. 두 작품의 이해에 깊이 공감한다는 인사와 함께.

그 후 지금은 고인이 된 작가 김준성 선생이 발행했던 『21세기문학』에 편집위원으로 참여하면서 필자는 김윤식·이청준·김성곤 선생이 같이 자리한 말석에 이름을 얹고 이분들을 자주 함께 뵙는 영광을 누렸다. 지금은 '김준성문학상'으로 이름이 바뀐 '21세기문학상'

심사도 함께하고 절기에 따라 식사도 함께했다. 심사 회의실에서, 한정식을 마주 대하는 편한 자리에서, 또 약간 들뜬 분위기의 생맥줏집에서, 작가는 언제나 재미있고 구수하게 화제를 이끌어가는 편이었다. 필자는 가끔씩 고개를 주억거리기만 하면 되었다.

『축제』가 발간되고 또 영화로 만들어질 무렵, 작가는 조금은 어눌하고 기운 없는 목소리로 전화를 걸었다. 이번에 영화를 하게 됐는데, 소설을 영상으로 옮기는 과정이 어째 좀 계면쩍다고. 「천년학」 영화를 찍다가 지방에서 왔다며 식사 자리에 조금 늦게 허둥지둥 나타나던 작가의 모습도 아직 눈에 선하다. 그런데 그는 이미, 세상의 분진과 육신의 장막을 훌훌 벗어버리고 '천년학'의 창공으로 사라져갔다. 그 안타까움과 그리움을 필설로 다 적을 길이 없는 필자는 하릴없이 그의 작품 세계를 다시 들춰보는 범상한 방식에 기대어볼 수밖에 없다.

2. 다양 다기한, 웅숭깊은 작품 세계

이청준은 1939년 전남 장흥에서 태어났다. 광주서중학교와 광주제일고등학교를 거쳐 서울대 독문과를 졸업했다. 졸업 직전인 1965년 단편 「퇴원」이 제7회 『사상계』 신인상에 당선됨으로써 문단에 등단했다. 1966년 단편 「임부」, 「줄」, 「무서운 토요일」, 「굴레」 등을 발표하고 1967년에는 현실과 관념, 허무와 의지들의 대응 관계를 여실한 문체로 보여준 「병신과 머저리」로 제13회 동인문학상을 수상했으며 비슷한 시기에 등장한 작가들 가운데 가장 왕성하게 작품 활동을 펼쳐나갔다. 1971년 그간 발표한 단편 20여 편을 묶어 첫 창작집 『별을 보여드립니다』를 출간했다. 1972년 중편 「소문의 벽」과 「썩어지지 않은

문학으로 만나는 기독교 사상

자서전」을 묶어 작품집『소문의 벽』을, 1975년에는 중·단편 18편을 묶어 창작집『가면의 꿈』을 출간했다.

이 외에도 많은 작품집을 출간한다. 곧『당신들의 천국』(1976),『자서전들 쓰십시다』(1977),『예언자』(1977),『남도사람』(1988),『춤추는 사제』(1979),『흐르지 않는 강』,『살아 있는 늪』(1980),『잃어버린 말을 찾아서』(1981),『낮은 데로 임하소서』,『시간의 문』(1982),『제3의 현장』(1983),『따뜻한 강』(1986),『아리아리 강강』(1988),『자유의 문』(1989),『키 작은 자유인』(1990),『씌어지지 않은 자서전』(1991),『광대의 가출』(1993),『서편제』(1993),『조율사』(1994),『축제』(1996) 등의 작품집이 그의 지속적이고 풍성한 작품 활동의 산 증거물들이다.

외견상 이청준의 소설에서 가장 뚜렷하게 드러나고 있는 것은 다양한 소재와 액자소설 형식이다.「줄」에서「소문의 벽」에 이르기까지 그의 소설은 거개가 독특한 상황과 인물을 대상화하여 작가가 선택한 소재의 다양함을 독자들에게 보여준다. 이상한 위궤양 환자(「퇴원」), 주문거리를 찾아 돌아다니는 장의사 직원(「임부」), 줄광대(「줄」), 바닷가 사람들의 애환(「바닷가 사람들」·「석화촌」), 소설을 쓰는 의사(「병신과 머저리」), 실패한 천문학도(「별을 보여드립니다」), 활 쏘는 검사(「과녁」) 등 그의 소설 세계는 독자들이 익숙하게 마주칠 수 있는 일상 대화 속의 세계가 아니라, 불쾌감과 경악을 수반하고서야 읽을 수 있는, 신문 사회면에서나 볼 만한 뒤틀린 혹은 잊힌 세계이다.

그의 소설에서는 한 인물이 자신의 사고 질서에 의해서 자신의 삶을 살아나가는 것이 아니라, 항상 타인들에게 관찰당하고, 그 관찰 결과가 종합됨으로써 존재할 뿐이다. 다시 말하자면, 작가는 한 인물에게 합당하다고 알려진 의식 체계를 부여하는 대신에 그 인물을 둘러싼 관찰, 보고를 종합함으로써 그를 존재하게 한다. 그의 소설 속 인물들은 그런 의미에서 생성하는 것이 아니라 생성된다(김현). 또한 이청 준의 소설은 그의 서술 전략인 격자 소설의 중층구조 및 추리적 기법에 의존한 작품들이 많다.

그러나 기법이나 주제의 유사성에도 불구하고 이청준 소설에서는 동일한 것의 반복이 필연적으로 수반하는 경직된 획일성이나 천박한 유행주의 같은 것이 보이지 않는다. 단적인 예로『잃어버린 말을 찾아 서』에 실린 일련의 소설들은 동일한 주제가 유기적 연쇄를 이루면서 이른바 '남도 소리' 연작과 절묘하게 통합된다. 즉, 이청준의 작품은 서로가 닮아 있으면서도 각자의 개성을 그대로 유지하고, 전혀 다른 성향을 띠는 작품들이 마침내 하나의 주제로 통합되는 묘한 이중성을 가지고 있다. 이러한 사실은 "작가는 언제나 그가 도달한 세계에서 또 다른 다음번의 이념의 문을 향해 끝없이 고된 진실에의 순례를 떠나야 하는 숙명적인 이상주의자"라는 이청준의 문학관이 작품에 그대로 반영된 결과라 생각된다.

앞서 말한 것처럼 40년 가까이 글을 써온 이청준의 소설 세계는 그의 문학적 연륜만큼이나 간단치 않은 무게와 색조를 띠고 있다. 따라서 이청준 소설 세계를 간명히 정리하거나 유형화하는 일은 많은 무리와 위험이 뒤따른다. 그럼에도 불구하고 이청준 소설은 몇 가지 중요한 특성을 공유하고 있어 이에 따른 분류가 가능하다.

그 가운데 이청준 소설의 가장 두드러진 특질로 꼽을 수 있는 것은 '작가란 누구인가', '또는 글쓰기란 무엇인가'에 대한 집중적인 탐색이다. '왜 쓰는가'의 문제는 모든 문학인에게 던져진 화두와 같아서 그 누구도 이 문학의 존재론적 물음에서 자유롭지 못하다. 하지만 작가의 '글쓰기' 자체가 작품 주제로까지 확장 심화된 예는 그리 흔하지 않다. 더군다나 그 문제를 자신의 필생의 과제로 삼아 끈질기게 탐구

문학으로 만나는 기독교 사상

하는 작가는 더욱 흔치 않다.

　이청준은 바로 이 점에서도 매우 진지한 문제의식과 드문 열정을 보여주는 작가라 할 수 있다. 그의 초기 출세작 「병신과 머저리」(1966)는 '소설이란 무엇인가' 또는 '왜 쓰는가'의 문제에 대한 관심의 단초가 드러난 최초의 작품이다. 이 주제는 그 뒤 「소문의 벽」(1971), 「조율사」(1973), 「지배와 해방」(1977) 등 작품을 통해 집요하게 천착되다가 「다시 태어나는 말」(1981)에서 용서와 화해라는 대긍정의 단계에 도달한다. 이 계열의 소설이 1970년대에 집중적으로 발표되었던 것은 암담하고 절망적인 시대적 상황과 관련되며, 특히 이 계열의 작품에 등장하는 인물들의 광기는 자유로운 자기 진술이 봉쇄된 사회 · 정치적 상황에서 지식인들이 선택할 수밖에 없었던 유일한 자기방어 행위(장영우)라 할 수 있다.

　지금까지 살펴본 바와 같이 이청준은 그가 '볼 수 있고 느낄 수 있고 생각할 수 있는' 모든 것이 소설의 제재를 이룬다는 지적(김현)이 있을 만큼 다양하고 폭넓은 범주의 관심을 보여왔다. 통독하면서 살펴볼 수 있는 그의 작품들을 그 개별적인 작품명이나 발표 연도를 제외하고 유형별로만 분류하면 다음과 같다.

- 고향 체험의 소설
- 복고적 예인(藝人)을 다룬 소설
- 유토피아적 체험의 소설
- 언어의 사회학적 고찰에 관한 소설
- 산업사회의 문제를 다룬 소설
- 존재의 절대고독에 관한 소설
- 압제와 폭력의 상징성을 탐구한 소설

이와 같은 다양한 내용들이 작품으로 짜여가는 작법 또한 다양하게 적용되는데, 주제를 독자에게 바로 전달하는 직접화법의 방법을 취하기보다는 빈번히 중간자적인 이야기꾼을 매개 삼아 전달하는 특성을 갖는다. 따라서 자연히 단편소설에도 액자소설 형식이 많이 나타난다.

이러한 여러 유형의 작품 세계 가운데서도 필자가 가장 주목하는 대목은, 이 작가의 소설 문법을 통해 상상할 수 있고 또 실천 가능성을 모색할 수 있는 '이상(理想) 세계', 곧 유토피아 의식에 관한 작품들이다. 그러한 계열의 소설로서는 두 작품이 구성한 세계 인식의 대비가 선명하게 드러나는 「이어도」와 「비화밀교」가 있고 『당신들의 천국』과 같이 오랜 취재와 공을 들여 쓴 장편도 있으며 「석화촌」과 같이 주목할 만한 단편도 있다.

특히 「이어도」와 「비화밀교」는 동일하게 상상력의 힘을 바탕으로 유토피아 희구의 사상을 표출하고 있지만 그 구경(究境)의 목표에 도달하는 길은 서로 대립적인 문맥 아래에 있으며, 그 같음과 다름의 세부를 확인함으로써 문학과 집단적 삶의 의식이 접촉하는 중요한 방식들을 해명할 수 있을 것으로 보인다. 그리고 그 유토피아 의식의 완결된 형상을 소설 사회학적 시각으로 추구해나간 그 말미에 『당신들의 천국』이 놓이게 될 것이다. 이 세 편의 작품을 하나의 꿰미로 정치(精緻)하게 읽는 일을 통해, 우리는 이청준 소설이 가진 상상력의 깊이와 그 미학적 가치를 환기할 수 있을 것이다.

3. 「이어도」 — 삶의 부서짐을 넘어서기

"기독교 정신이 가장 내면적으로 충일했던 시기는 로마 시대"란 말이 있다. 이는 고난과 어려움 속에 신실한 신앙의 저항력이 극대화되었음을 말한다. 우리의 삶이 언제나 에덴동산의 그림처럼 안온하고 평화로운 것이었다면 인류에겐 예술도, 그로 인한 감명도 없었을 터이다. 이청준의 빼어난 중편 「이어도」에서 험하고 믿을 수 없는 바다를 삶의 터전으로 삼고 있는 제주도 사람들에게 환상의 유토피아로서 이어도의 존재가 전설처럼 전해 내려오는 것은 당연한 귀결이라 할 수 있다.

한 번 가면 다시 돌아올 수 없는 섬이라는 점에서 이어도는 죽음의 섬이다. 그런데 언제부턴가 제주도 사람들 사이에서는 이 죽음의 섬을 이승의 생활 속에서 설명하려는 버릇이 생겼다. 이어도라는 꿈으로 인해 그들이 현세의 고된 질곡들을 참아낼 수 있었으며, 언젠가 그 섬으로 가서 저승의 복락을 누리게 된다는 희망 때문에 이승에서의 어떤 괴로움도 달게 견딜 수 있었다면, 그 섬은 죽음의 섬을 초월한 구원의 섬이 된다. 이어도가 일상적인 삶과 사고의 바깥쪽인 상상의 세계에 존재하면서도 현세의 생활까지 간섭해오고 있음을 통해 우리는 죽음을 무릅쓰고 배를 타지 않으면 안 될 운명에 처한 제주도 사람들의 삶을 이해하고, 그 고통 가운데 열려 있는 하나의 탈출구를 보게 된다.

「이어도」의 이야기는 해군 함정이 소문으로 떠돌던 제주도 남단의 파랑도라는 섬에 대한 수색 작전을 벌인 지 2주 만에 섬의 부재를 확인하고 돌아오는 데서 시작된다. 그런데 작전 마지막 날 남양일보 천남석 기자의 실종 사건이 발생한다. 정훈장교 선우 중위는 이 사실을 알리기 위해 신문사를 찾아가서 양주호라는 편집국장을 만난다. 양주호는 천남석이 실종된 것이 아니라 자살했을 것이라 추정하면서 파랑도가 아닌 이어도의 얘기를 들고 나온다. 우리는 여기서 이어도라는 섬의 실재를 해군 함정의 수색 작업에 의지하여 논의할 수 없음을 알아차리게 되는데, 그 알아차림의 구체화를 통해 앞에서 언급한 '예술은 역사주의와의 갈등의 소산'임을 논증할 수 있을 것이다.

이어도의 실재를 과학적으로 설명해서는 안 되는 까닭은 그러한 접근법이 바로 물굽이를 따라 수평선의 신비를 확인하려 하는 것처럼 불가능한 일이기 때문이다. 이 작가의 상상력을 부력으로 하여 수평선 위에 떠 있는 섬 이어도의 실체를 규명해보기 위해서는 다음과 같은 몇 갈래의 관찰이 필요할 것이다. 먼저 파랑도와 이어도라는 섬 이름에 대한 혼동의 문제이다. 실종된 천남석도, 살아 있는 양주호도, 모두가 그 섬을 이어도라고 부를 뿐 파랑도라고 부르지는 않는다. 즉 이어도가 상상력 속에 있는 환상의 섬일 때 파랑도는 세상살이의 항간에서 운위되는 일상적 삶 속의 소문에 근거한 섬인 것이다. 양주호는 주정하듯 섬 이어도와 술집 이어도조차 분별하지 못한 채 그 둘을 모호하게 구분한다. 게다가 천남석의 어머니나 술집 여자의 입에 오르내리는 전래 민요의 제목 또한 이어도이다.

이러한 이어도라는 이름의 혼동 또는 복합적인 혼용은 중요한 의미를 갖고 있다. 선우 중위는 합리적이고 정돈된 사고로는 그러한 언어 용법을 납득하지 못한다. 양주호는 단순히 '제주도 사람'이란 짤막한 말로 이 모두를 설명해버리고 만다. 그 설명은 적어도 제주도 사람들에게는 논리적 거부감을 불러일으키지 않을 것인데, 그것은 이어도의 체험이 정동적 유대의 체험이기 때문이다. 결국 천남석도 이어도의 존재에 대한 거부로부터 순응으로 그 반응 양식을 바꿔갔을 것이고, 그 결말은 그의 실종이라는 역설적인 상황으로 형태화된다.

고달픈 삶의 현장인 제주도를 떠나고 싶어하면 할수록 더욱더 그 섬을 떠날 수 없는 역설적인 조건과 더불어 이어도의 존립은 이미 비

현실적인 허구의 섬에 그치는 것이 아니라 절실한 바람이 함축된 현실의 한 부분으로 편입된다. 따라서 현실 속에 설정된 이 허구의 섬이 현실성을 확보하려면 민요 이어도도, 술집 이어도도, 환상의 섬 이어도도 모두 동일한 사고와 그 궤적의 연장선상에 놓고 총체적으로 인식할 필요가 있다. 그것은 삶의 질서를 무너뜨리는 혼동이 아니라 그 질서의 규격화를 넘어선 원초적이고 체험적인 유대의 인식을 말한다.

또 하나 세심하게 관찰해야 할 부분은 천남석의 죽음과 관계된 전후의 사정이다. 양주호는 천남석의 죽음을 자살로 단정하면서 그가 해군 함정의 작전을 망쳤다는 요령부득의 말을 한다. 문제는 이어도의 실체이다. 작가는 교묘한 상황 구성을 통해 삶에서는 경험할 수 없는 환상의 섬이요, 삶의 수평선을 넘었을 때 정동적으로 체험되는 섬이라는 위태로운 균형 감각을 유지하고 있다.

이 위태로움이 안정감을 가지는 경우는 앞서 우리가 살펴본 바 있는 다층적 세계 인식에 근거해 있을 때이다. 그러할 때 천남석의 자살은 존재의 극대화까지 밀고 나아간 새로운 삶의 한 양식으로 받아들여질 수가 있는 것이다. 요컨대 천남석은 자신의 논리를 체험으로 바꾸면서 그 몸을 바다에 던짐으로써 이어도의 환상에 '인카네이션(incarnation)'을 부여하고, 그와 동시에 물리적 조명으로부터 파산될 위기에 처한 제주도 사람들의 꿈을 지켜주고 있다.

4. 「비화밀교」 — 신성 체험의 현실적 본보기

「이어도」에서 환각의 유토피아를 보여주었던 이청준은 그로부터 10년 후인 1985년에 발표하여 대한민국문학상 본상을 수상한 작품

「비화밀교」에서 「이어도」와는 아주 다른 유토피아의 존재 가능성을 암시하고 있다. 정치적이면서도 종교적이라는 지적(김주연)에 걸맞게 「비화밀교」의 유토피아는 현대적이면서 세련된 제의의 형태로 나타나고 있다. 이 소설에서 우리는 제정일치라는 사회 구조와 그 형태의 출발을 보게 되는 것인데, 정치와 종교는 실로 인류의 공동체적 삶의 기원에서부터 그 출발을 함께한 생존 문화의 구체적 표현이라고 할 수 있다. 이와 같은 통치의 겸직은 사회 발전과 더불어 점차 분리되어 가는 것으로, 이러한 언급을 여기에 도입하는 까닭은 「비화밀교」의 세계가 그러한 사실들과 깊이 관련하여 현세적인 유토피아의 존립 가능성에 대한 하나의 전망을 제시하고 있기 때문이다.

어느 지방의 작은 도시에는 언제부터 유래한 것인지 알 수 없는 기이한 풍속이 전해오고 있다. 그 행사는 비밀리에 지켜오는 것으로 참가해본 사람만 알고 있을 뿐이다. 섣달 그믐이면 그 도시 안쪽 변두리에 있는 제왕봉 정상에 올라서 불놀이를 하는 것이다. 그 행사에 참가할 수 있는 자격에 특별한 제한 규정은 없다. 한 해 동안 전년 행사의 불씨를 간직해온 종화주(種火主)로 점화가 이루어지고 나면, 그곳에 모인 모든 사람들이 불을 들고 서로 인사를 나눈다. 그들은 산 아래에서의 신분에 관계없이 동등한 사람 대 사람으로서 만난다.

그것은 하나의 제의이다. 작가는 소설 속에서 하나의 제의가 마을 사람들의 집단적 삶에 어떠한 기능을 행사하며 어떻게 보존될 수 있는가에 대한 현세적 모습을 보여주고 있다. 이러한 신이 없는 시대의 제의, 신의 존재를 더 이상 믿지 않는 시대의 제의는 혼탁한 삶의 물결을 헤치고 나아갈 정신적 행로를 가늠하게 하는 하나의 척도로 작용하고 있다. 이와 같은 표현 방식을 통해 우리는 「비화밀교」의 유토피아 역시 삶의 혼탁함에 대한 하나의 대응 방식으로 드러남을 확인

문학으로 만나는 기독교 사상

할 수 있고, 나아가 그 방식이 무제한적인 포괄성을 갖는 것이 아니라 겉으로는 둔중해 보이지만 실상 예리한 경각심을 함축하고 있음도 알아차리게 된다.

「이어도」가 집단의식의 개별화된 상태로서 '알고 있음'이요 '체험 가능성'이라면 「비화밀교」는 그 자체로서 '실천'이요 거기서 한걸음 더 나아가 '연례적 행사'다. 관념적·지적 작가라는 일반적인 견해에 부합하듯 이청준은 이 밀교적 행사의 발생과 효능을 직접적으로 기술하지 않고 다만 암시할 뿐이다. 그 암시로써 우리는 다음과 같은 두 가지 사실을 새로이 인식할 수 있다.

첫째, 앞서 「이어도」에서와 같이 삶의 격랑 속에서 암암리에 형성된 향토 사회의 누적된 고통을 승화하는 선별적인 공간에 관한 것이요, 둘째는 그 향토 사회의 구성원이 제의의 신성에 직접 참여함으로써 위안과 기력을 새롭게 섭생하는 현실적 체험의 유다른 양성화에 관한 것이다. 우리는 민속의 절기 가운데 설이나 중추절이 반복되는 신성 참여의 제례를 보유하고 있고, 비정기적인 동신제나 당제가 부락민의 삶의 고통을 소거하고 나약한 소망을 부추겨서 강화하는 계기로 기능함을 알고 있다. 융의 집단 무의식도 이를 양성화하면 이와 같은 맥락 위에서의 검토가 가능해질 것이다.

정기적 또는 비정기적인 민속의 제례와 산상에 있는 분지의 무대를 설정하고 세속과의 정신적 거리를 유지하고 있는 「비화밀교」의 제례는 그 발상이 유사하되 효능은 달리 나타난다. 전자가 일상적인 삶의 익숙함 속에 안착되어 있는 반면, 후자는 강경한 충격요법을 동반한다. 이 충격요법이 소설 속에서 설득력을 얻으려면 「이어도」에서와 같이 생활환경의 증빙을 확보해야 하는데, 「비화밀교」에서는 꼭 제례를 유지해야 할 당위성이 설명되어야 할 이 부분에 취약점이 있기 때문에 어느 정도 '관념적 유희'라는 비판이 뒤따를 수도 있을 것이다.

5. 『당신들의 천국』— 사랑과 용서의 경계 허물기

『당신들의 천국』은 조백헌이라는 인물이 소록도의 병원장으로 취임해 그곳 나환자들에게 새 희망을 불러일으키기 위해 애쓰는 이야기이다. 제1부는 현역 대령인 조백헌이 소록도 병원장으로 취임해 환자들에게 새로운 천국을 만들어주고자 득량만 매몰 공사에 착수하여 작업이 진행되는 21개월 동안의 나환자와의 싸움을 그리고 있으며, 2부는 매립 공사를 둘러싼 9개월간의 조 원장의 정신적 방황을, 3부는 조 원장이 섬을 떠난 지 5년이 지난 후 3월에 한 개인으로서 소록도에 돌아와 2년 후 4월에 미감아(未感兒) 두 사람의 결혼식 주례를 맡는 것을 그리고 있다(김현).

　『당신들의 천국』에서 가장 중심적인 인물은 말할 나위 없이 조백헌 원장과 이상욱 과장 그리고 원생 대표 황희백 노인으로 압축된다. 원장 조백헌은 소록도라는 미지의 땅에 들어온 이방인이었으나, 소록도를 버리려는 이들, 남을 믿지 않고 불신과 좌절 속에서 일평생을 보내다 결국 만령당의 재가 되고 마는 이곳 주민들의 현실을 좌시할 수 없어 소록도를 그들의 낙원으로 만들어주고자 하는 꿈을 갖게 된다. 그것은 단순한 꿈에 그치지 않고 그의 집념과 투지 그리고 원장이라는 현실적인 힘을 통해 실천의 차원으로 옮겨진다(김주연).『당신들의 천국』에서의 원장과 환자는 단순한 관계가 아니라 지배 계층과 피지배 계층의 일반적인 관계를 다루고 있다고 보아야 할 것이다. 이 치자와 피치자의 관계는 어떤 형태의 국가에서든 있을 수 있는 관계이며, 국가 형태가 아닌 어느 집단 사회에서든 존재할 수 있는 관계이다.

이 소설은 조백헌이라는 신임 원장을 특정의 치자(治者)로, 이 신임 원장 재임 시의 소록도 원생을 피치자로 하여, 두 상반된 위치의 인간 간의 역학 관계를 조명해봄으로써 치자와 피치자 사이의 보편적인 현상을 우리에게 보여주고 있다. 치자로서 등장하는 조백헌 대령은 첫인상부터 괄괄하고 무뚝뚝하고 직선적이다. 대단한 결단력과 실천력을 가진 인물이란 것이 첫 장부터 암시된다. 이 암시처럼 조 원장의 취임과 더불어 섬은 서서히 변화를 맞게 된다. 축구 경기의 보급으로 환자들의 의욕과 용기를 불러일으킨 조 원장은 오마도 간척 사업을 통해 치자로서 비전을 제시한다. 그러나 소록도 나환자로 대표되는 피치자인 민중은 그를 전적으로 따르지 않는다. 치자의 계획과 피치자의 이익이 일치될 때에는 거부감을 보이지 않지만, 피치자인 그들은 항상 치자에 대한 불신을 가슴에 품고 있다.

이는 그들이 피치자로서 살아온 과거에 기인한다. 피치자로서 그들은 치자로부터 너무나 숱한 배반을 당해왔으며, 치자의 미래를 위한다는 명분하에 지나친 희생과 핍박과 굴욕을 강요당해왔다. 간척 사업이 진행되는 동안에도 이 의구심과 불신은 조 원장이 섬을 떠날 때까지 계속된다. 그들이 그토록 오래도록 조 원장에 대한 불신을 불식할 수 없었던 이유는 보건과장 이상욱이 지적한 것처럼 원장이 그들과 같은 '문둥이'가 아니고, 그들과 운명을 같이할 사람이 아니라는 데 있다. 민중이 지도자를 동료로 느끼지 않을 때 불신은 사라지지 않는다는 사실을 우리는 이 작품을 통해 알 수 있다.

그러나 피치자로서의 민중은 이 소설 속에서 행동하기만 할 뿐 말이 없다. 민중을 대변하고 그들의 의중을 나타내는 존재는 보건과장 이상욱과 황희백 장로 두 사람이다. 보건과장 이상욱은 그의 지위로 인해 치자로 볼 수 있을지 모르나 그의 출신이 나환자를 부모로 가진 미감아임을 감안해볼 때, 그도 역시 민중의 편에 설 수밖에 없는 피치자 계층이다. 치자의 편에 보면 피치자이고, 피치자의 입장에서 보면 치자와 같이 보이는 이런 존재는 사회 속에서 지식인을 상징한다. 이 상욱은 '비판적 지식인'이다(김현). 그는 원장의 가슴속에 행여나 숨어 있을 '동상(銅像)의 꿈'에 대해 불안과 의구심을 품고 있다.

그는 옛 소록도의 원장이었던 주정수를 통해 지도자의 영웅심이 얼마나 많은 눈물과 고통과 희생을 민중에게 요구하는지를 알고 이를 경계하는 비판적인 지식인이다. 그래서 그는 통치자의 권위와 독선과 절대 권력을 거부한다. 피지배자가 지배자의 권위에 복종하여 지배자가 제시하는 '천국'의 꿈을 받아들일 때, 그 사회는 생기 없는 '유령의 섬'이 될 것을 두려워한다. 그래서 그는 제방 공사가 완성되는 절강제를 보려는 조 원장의 작은 소망을 '자기 동상'을 세우려는 영웅주의로 몰아붙인다. 결국 그는 섬의 자유만이, 섬사람들 자신의 자유로운 창의와 선택만이 진정한 천국에의 길이지, 강요된 '노역'으로 이루어진 경제적 풍요의 사회가 천국이 될 수 없다고 보았다(김천혜).

그렇다면 정녕 치자와 피치자 사이에 영원한 화합은 없는 것일까? 작가는 치자와 피치자가 화합할 수 있는 길을 황 장로의 입을 통해 제시한다. 치자와 피치자의 대립은 오직 사랑을 통해서만 해소될 수 있음을 말해준다. 그리고 황 장로는 조 원장에게 '사랑'을 발견했다고 고백한다. 상욱이 조 원장에게 발견하지 못한 '사랑'을 황 장로는 발견한 것이다. 치자와 피치자의 대립이 사랑으로 해소되었을 때, 치자가 기꺼이 피치자의 자리로 내려왔을 때, 그들의 경계는 허물어지고 운명을 같이하는 공동체로서 하나 될 수 있다. 조 원장이 이상욱의 편지를 받고, 5년 후 소록도 원장의 신분이 아니라 한 개인의 신분으로

문학으로 만나는 기독교 사상

소록도 환자들의 일상으로 돌아왔을 때, 그는 치자나 피치자의 입장이 아닌 한 개인으로서 진정한 사랑의 실천 가능성을 보여주었다.

6. 작가를 기리며, 또 그리워하며

한 세기에 한 번 배출되기가 쉽지 않은, 이른바 불세출의 작가 이청준 선생. 그의 타계에 즈음하여 도하 여러 언론이 보도 및 특집 기사로 떠들썩하고, 그와 교분을 나누었던 문인과 예술인들의 발걸음이 분주했으되, 정작 그는 이 모든 번잡함을 돌아보지 않고 유유자적한 '선학동 나그네'처럼 그리고 멀리 꿈꾸는 푸른 하늘에 뜻을 둔 '천년학'처럼 우리 곁을 떠나갔다.

우리는 그가 「퇴원」이나 「병신과 머저리」에서 보여준 동시대의 예리한 내면 풍경을, 「줄」이나 「매잡이」에서 보여준 복고적 예인의 세계를, 「눈길」이나 「살아 있는 늪」에서 보여준 절박한 고향 의식을, 유토피아 계열의 소설들에서 보여준 삶의 근본에 대한 탐색을, 그리고 시대와 사회와 인간의 존재론적 의미에 대한 끝없는 소설적 문답(問答)을 두 번 다시 만나기 어려울지도 모른다. 아니, 실제로 어렵기 짝이 없을 것이다.

그러나 그는 여전히 여러 유형의 존재 양식으로 우리 곁에, 한국문학사와 예술사의 한복판에 남아 있을 것이다. 그가 한 땀 한 땀 애쓰며 마름질한 소설의 문면으로, 그것이 영상으로 치환되어 대중 친화력을 발양한 영화로, 그리고 당대의 아픔과 슬픔을 끌어안고 소설을 통해 인간 구원에의 의지를 끝까지 포기하지 않은 작가 정신으로 우리는 그를 기억할 것이다.

믿음의 변경(邊境)과 세속의 도시

현길언의 『비정한 도시』

기독교인에게 신앙과 실천, 곧 믿음과 행함은 함께 나아가야 할 두 갈래 길의 이름이다. 성경에서 특히 야고보서가 행함을 강조한다는 사실은 익히 알려진 터이지만, 종교개혁을 주창한 마르틴 루터는 이를 '지푸라기 서신'이라 불렀다. 오직 믿음으로 구원에 이른다는 원론주의에 비추어, 행함을 통해 의를 실천한다는 야고보의 기술(記述)이 본말을 전도(顚倒)할 수 있다고 보았던 것이다. 그러나 그럼에도 불구하고 야고보의 언표(言表)처럼 나눔과 섬김의 실천이 없는 신앙이 무슨 이로움이 있겠느냐는 인식은 기독교사에서 하나의 덕목으로 형성되었다.

현길언의 소설 『비정한 도시』는 바로 이 행함의 문제, 곧 종교적 실천의 문제가 사회적 환경과 충돌할 때 발생하는 여러 국면을 소설 형식으로 보여주는 수작이다. 전쟁 지역인 아프가니스탄으로 단기 선교를 갔다가, 탈레반에 의해 피랍된 한국의 기독교인 23명의 이야기는 이미 세상에 널리 알려져 있다. 2007년 7월에 피랍된 23명은 남자 7명, 여자 16명으로 이루어져 있었다. 그중 심성민, 배형규 목사가 살해되고 나머지 21명은 정부의 노력으로 42일 만에 풀려났다. 이 사건으로 피랍자들에게는 물론이고 위험한 지역에 선교를 보낸 교회에 거센 비난이 쏟아졌다.

작가는 이 엄중한 상황의 전말을 예의 주시했다. 전쟁이 현재진행형인 지역, 그것도 이슬람 지역에 신변 안전이 확보되지 않은 채로 진입함으로써 국가적 어려움을 야기했다는 비판이 잘못되었다는 것은 아니다. 그러나 생명이 경각에 달린 23명의 국민을 두고, 그 생명을 구출하는 데 뜻을 모아야 할 시점에 비판만 앞세운 행태는 어느 모로나 합당하지 않고 인지상정이라고 볼 수도 없다. 더욱이 선교 활동에 지원한 사람들이 특정한 정치적 목적이나 개인적 목표를 내세우지 않았으며 순수한 신앙의 실천에 의거해 있었다고 할 때, 그 비판의 목소리들은 분별없는 폭력과 다르지 않은 형국이 된다.

그런데 이 사건에 반응한 세상 사람들과 국내 언론의 분위기 속에는 이런 측면에 대한 고려나 성찰이 거의 없었다. 종교적 선행(善行)이 과제였고 개인적 삶의 희생을 통해 이를 실천하려 했다면, 세상의 눈길이야 어떠하든지 최소한 한국 교회와 교계의 사람들은 이들을 변호하고 그 입장에 서주었어야 했다. 하지만 삼척동자도 알 만한 그 상식이 지켜지지 않았다. 그 누구도 이 사안에 대해 그렇지 않다고 말하지 않았다. 작가는 이렇게 굴절되고 왜곡된 사태에 대해 더 이상 침묵할 수 없었던 것으로 보인다. 그것이 작가로서의 사회적 책무이기도 하거니와, 동시에 작가 자신이 기독교 신앙인으로서 자신의 내부에 잠복한 신앙 양심의 발화(發話)를 외면할 수 없었을 것으로 짐작된다.

이 소설의 작가 현길언은 제주도에서 출생하여 대학의 국문학 교수로 적을 둔 채 오랫동안 소설을 집필해왔다. 특징적으로 제주라는 공간 환경과 성경에 바탕을 둔 세계관으로 소설을 썼다. 그는 성경에 대한 문학적 이해와 방법론을 탐색하여 『문학과 성경』, 『인류역사와 인간탐구의 대서사 — 어떤 작가의 창세기 읽기』, 『솔로몬의 지혜』와 같은 저서를 상재했다. 그 표제만 살펴보아도 그냥 기독교에 피상적 관심을 가진 작가가 아니라, 기독교 내부에서 성경적 의미의 진중한 탐색을 수행해온 작가가 아니면 가져올 수 없는 주제들을 내포하고 있다. 이러한 사정을 고려해보면 여기 이 소설 『비정한 도시』는 현길언이 다룰 만한 주제가 아니라, 현길언이 아니면 다룰 수 없는 주제 위에 세워진 문학적 표찰이다.

기독교적 생각과 사상, 기독교적 세계관으로 소설을 쓴다는 것은, 작가가 온전한 종교의 토대를 마련하고 있을 때 비로소 그 값을 얻는다. 우리 문학사에는 인본주의의 시각으로 성경 해석의 오류를 유발한 김동리의 『사반의 십자가』 같은 작품도 있고, 지적 사유의 차원에서 성경적 의미의 심층을 바라보는 데 그친 이문열의 『사람의 아들』 같은 작품도 있다. 작가들로서는 반박의 여지가 없지 않겠으나, 이 언급의 요체는 그들이 기독교 신앙을 깊이 있게 체험하지 않았다는 사실과 관련되어 있다. 논리로 무장한 신앙의 눈은, 그 비늘을 벗고 체험의 영역을 거친 신앙의 눈과 질적으로 다른 까닭에서다.

다시 사건으로 그리고 소설로 돌아가보자. 피랍자 가운데 한 사람인 민유현의 일기에는 온 나라가 자기 일행 때문에 발칵 뒤집혔을 것이라고, 생각할수록 얼굴이 화끈거린다고 기록되어 있다. 이들 일행의 생각이 일반적 상식을 넘어서지 않고 있다는 증좌에 해당한다. 교회는 피랍자들의 구조를 위해 아무런 대책도 세우지 않는다. 언론의 기사는 선정적 문면의 보도에만 열중할 뿐, 피랍자 가족의 안타까운 모

문학으로 만나는 기독교 사상

습과 그들의 마음에는 전혀 관심이 없다. 피해자를 위로하는 내용보다 선교 사역에 대한 부정적 시각이 먼저다. 이를 목도하는 관찰자 현선의 분노는 극히 당연한 것이다.

소설 속의 현선은 이 사건에 대해 그리고 한국 교회에 대해 비판적 시각을 개시(開示)해온 성민구 교수의 딸이다. 물론 작가가 상황에 적합한 역할을 발양할 수 있도록 축조한 가상의 인물이다. 신앙의 문제를 바라보는 데에서 아버지와 딸을 대립적 구도로 설정함으로써 이 사건을 양방향에서 다각도로 관찰할 수 있도록 효율적인 형식을 취했다. 현선은 청년기의 순수한 신앙과 탐구심으로 맡은 역할에 충실히 반응한다. 다시 말하면 이 캐릭터는 작가가 소설 속에서 전달하고자 하는 메시지를 추동하기 위하여 매설한 활성화된 장치라는 뜻이다. 그는 소설의 여러 인물 그리고 피랍자 중의 민유현과 밀접한 상관성을 유지하는 역할을 맡고 있다.

신앙심이 깊은 외가와 어머니, 신앙 면에서 반항자 또는 이단자의 모습에까지 나아가는 아버지, 비루하고 통속적인 언론의 방식에서 비켜서지 못하는 선배 기자, 비판적 세태에 동화되고 휩쓸린 친구 등이 모두 현선이 가진 인식의 운동 범주에 연계되어 있다. 소설의 말미에 이르면 사건이 해결되고 이 여러 유형의 인물들도 화해를 취하는 방향으로 새로운 면모를 보이기는 한다. 미상불 이는 작가가 가진 당위적 세계의 모습을 반영했을 것이다. 그러나 사건 진행 과정 가운데 드러나는 이 인물들과의 균열 및 갈등은, 실제 현실에서 올곧은 신앙 행로가 어떤 위기 요소를 포괄하고 있는가를 잘 말해준다.

절대자에 대한 신앙을 버리지 않고 죽음의 길을 택한 배 목사는, 기독교 역사에 남은 그 많은 순교자들이 거쳤을 꼭같은 질문과 회유의 단계를 마주한다. 질문자는 탈레반 사령관의 부관이다. "알라신을 섬긴다고 말만 하면 된다. 마음으로는 알라신을 섬기지 않아도 좋다. 한국으로 돌아간 후에는 마음대로 할 수 있지 않겠나? 당신 덕분에 대원들이 석방된다면 그들은 당신을 존경할 것이고 영웅으로 대접할 것이다. 네가 부끄러움을 감수하면 모든 것은 잘된다. 그게 사랑 아닌가. 너를 우리 친구로 만들라는 사령관의 명령을 받았는데, 꼭 이행해야 한다. 나도 한국 형제들을 좋아하기에 그들이 고통을 당하는 것을 원치 않는다."

이 얼마나 달콤하고 설득력 있는 언사인가. 죽음 앞에서 그리고 여러 동료의 생명을 담보로 한 형편에 처하여 이보다 더 매력적인 제안이 있겠는가. 엔도 슈샤쿠의『침묵』에서 선교사 신부는 교도들을 위해 그 제안을 받아들인다. 거기에는 예수의 얼굴을 밟고 지나가는, 이른바 '답화(踏畵)'의 논리가 있다. 그런데 이 제안의 유혹은 기실, 예수가 광야에서 40일간 금식한 후에 사탄으로부터 받은 그 다디단 유혹과 본질적으로 동일하다. 소설 속에서 그리고 실제로도 배 목사는 이 유혹을 뿌리치고 죽음의 길을 갔다. 과연 이는 놀라운 일이기를 넘어 엄청난 사건이다.

이토록 절박하고 또 역사적인 일 앞에서 한국 사회와 교계는 그 진정성을 의심하고 외면했다. 이 작품은 소설이기에 일상적 삶의 구체적 세부도 등장한다. 이 소모적이고 우울한 정황은 박형규 목사 친구들의 대화를 통해서 잘 드러난다. 그런가 하면 소설에서 제시되는 목회자들의 의식과 행위, 교회 대책위원회의 회합과 논의 또한 모양이 크게 다르지 않다. 교회가 사과나 유감을 표명하는 문제, 곧 비본질적인 문제가 명재경각(命在頃刻)의 본질적인 문제를 압도하고 있는 셈이다. 교회에 여러 유형의 사명이 있겠으나, 선교 및 순교의 국면에 이르러서도 교회가 신앙의 근본주의로 회귀하지 못한다면 참으로 개탄할 일이 될 것이다. 이 소설적 정황은 당시의 실제 현실을 그대로 반영하고 있다.

현선이 아버지의 친구이자 교계의 지도급 인사인 경 목사를 만나 그와 단도직입적인 논쟁을 감행하는 것은, 이렇게 현실적으로 구조화된 강고한 인식의 형틀에 도전장을 내미는 일이다. 현선은 교계와 그 지도자들을 두고 '비겁한 처사'라는 공격도 마다하지 않는다. 경 목사는 그와 같은 자리에 있는 종교적 인사들과 마찬가지로 매우 유연하고 복합적인 대응을 취한다. 우리 시대의 종교가 덮어쓴 자기 보호의 도그마, 종교계가 쌓아 올린 자기방어의 금성철벽이 거기에 있다. 어쩌면 인류의 역사 과정을 통해 오래 목격해온 종교적 규범과 일반적 상식의 충돌도 그 와중에 개재해 있을 것이다.

이 문제를 바라보는 시선의 방향을 바꾸어 피랍 사건 현장에 있는 인물들의 모습을 탐색하는 역할은 주로 소설 속 '민유현의 일기'에 부여되어 있다. 피랍자들이 민가에 감금되어 있는 동안, 그 민가의 주민들은 오히려 이들을 배려하고 돌보려 했다. 옛글에 인간도처유청산(人間到処有青山)이라 했으되, 이 역설적 환경조건은 인간의 가슴 밑바닥에 침잠해 있는 '인간다움'을 환기하는 일이기도 하다. 우리의 의식을 일깨우고 소망과 의욕을 북돋우는 힘은, 어쩌면 이와 같이 작은 계기들 속에 있는지도 모른다. 작가는 소설의 이러한 대목을 서술하기 위해 어렵게 얻은 현장 기록의 자료를 활용했다.

이 소설은 실제적 사건의 범위를 준수하는 금도(襟度)와 그 속에 소설적 상상력을 부가하는 자유로움을 함께 갖추고 있다. 너무도 이기적이고 비정한 동시대 사회 및 교계의 모습을 바라보면서, 유다른 수식이나 치장 없이 있는 그대로의 정직한 발화법을 유지했다. 그리고 그것은 소설적 수준의 성과를 담보했다. 거듭 말하자면 이 소설은, 현길언이 아니었으면 쉽사리 태작(駄作)이 되고 말 소재에 수준 있는 미학적 가치를 부여했다고 할 수 있다. 왜, 사람은 아는 만큼 이해한다고 하지 않던가. 기독교 신앙에 대해, 사회 현실과 신앙이 충돌하는 구조적 형식에 대해, 그 내부로부터 관찰의 눈을 작동할 수 있는 작가가 결코 흔하지 않기 때문이다.

작가는 이 사건에 대한 분노를 넘어 인간 세계의 부정할 수 없는 속성을 받아들이고, 그 '폭풍 같은 거친 상황' 속에서도 '작은 진실과 순수'가 숨 쉬기에 소설을 상재할 수 있었다고 술회했다. 그렇다. 그와 같은 진실과 순수가 있기에, 삶과 신앙의 현장에 아직 열지 않은 상자 또는 가지 않은 길이 남아 있다고 말할 수 있을지도 모른다. 아브라함과 이삭과 야곱이 각자의 길목에서 직접 조우했던 종교적 절대자가 개인의 삶에 직접 출현할 수 있는 가능성은, 그처럼 미소(微少)한 순간에서 시작될 것 같다. 한 개인만이 아니라 교회나 국가 공동체의 경우에도, 작고 구체적이며 낮은 데로 임하는 기독교 신앙의 근원적 속성은 매한가지일 성싶다.

가족사, 신앙 그리고 종심(從心)의 경륜

안영의 소설들

1. 3대의 가족사에 숨은 삶의 진정성

우리에게 세월이 소중한 까닭은 그것이 단순한 시간의 경과를 뜻하는 것만이 아니라 그 지속성 가운데서 더욱 새롭고 깊게 삶에 대해 깨우 쳐가는 순기능을 전제하기 때문이다. 세상을 오래 살았다고 해서 모 두 지혜로울 수는 없을 테지만, 만년에 이르도록 스스로의 내면을 단 련하며 살아온 이에게서 촉발되는 세계관의 수준이나 경륜은 바로 그 세월의 축적이 선사하는 미덕이 아닐 수 없다. 고희를 넘긴 연륜에 새 소설집 『비밀은 외출하고 싶다』를 상재한 작가 안영의 소설 11편을 읽는 동안 가슴 밑바닥에 진중하게 남은 감회이다.

이 작품집에서 만나는 소설들에는 조부로부터 자부에 이르는 3대의 가족사가 역사적이며 통시적인 공간을 형성하고 있고, 신앙과 생활 의 원숙한 조화가 전편에 충일해 있다. 동시에 노년의 경험 법칙이 슬기로운 안목을 열어가는 구체적 세부를 여실히 목도하게 하는 저력이 내재되어 있다. 소설의 주제가 그와 같은 현실과 밀착되어 흐르다 보니, 자연히 저 고색창연한 허구적 본령을 버려두고 화자와 작가의 구분이 모호해지며 그 경계가 희미해지는 '에세이적 소설'의 형색을 띠기도 한다. 그러나 그것은 곧 이 시기 안영 소설의 특징적 성격에 해당된다.

「나 죽어, 맨 먼저 보고 싶은 사람」은 그리움의 순번에서 화자가 부모보다 더 오른쪽으로 내세우는 조부의 이야기이다. 스스로의 나이를 종심(從心)으로 밝히고, 공자가 『논어』 위정(爲政)편에서 언급한 '종심소욕불유구(從心所慾不踰矩)', 즉 나이 칠십이 되니 마음이 뜻하는 대로 따라도 법도에 어긋남이 없었다는 구절을 소설의 서두에 가져다두었다. 어려서 부모를 잃은 손자들을 거두고 끝까지 인류의 장자(長者)로서 도리를 다하다가 떠난 조부에게, 이제 노년의 장자적(長者的) 시야를 얻은 손녀가 존경과 사랑의 언사를 바친다. 스물넷 나이에 만난 신앙의 주인 '하느님'도 조부와 같은 분일 것으로 생각한다.

화자는 조부를 근접해 모셨던 전국체전 무렵의 일기를 간추려 액자형식의 소설로 만들고, 그 중심인물을 '효은(孝恩)'으로 명명하여 미처 못 섬긴 부모에 대한 효성까지 함께 담았다. 그러나 화자와 주요 인물 사이의 객관적 거리가 선명하게 확보되지 않은 것은, 이 소설의 화자가 차마 그 절절한 육친의 정을 천연덕스럽게 구획할 수 없는 다감한 품성의 소유자임을 증거한다.

가족사 문제를 다룬 또 하나의 소설 「새아기와의 한달」은 가족의 윗대와 자신의 당대 이야기를 다룬 데 뒤이어 아들 가정에 이르는 자녀 세대의 영역으로 범주를 확대한 작품이다. 혼자 살며 어머니의 보살핌을 요청하던 아들은 어느덧 미국에서 가정을 꾸리고 손자를 얻었다. 한 달간 미국을 방문해 새 가족인 며느리와의 관계를 설정하고 돌아오는 시어머니로서의 화자는, 특히 며느리와의 교호(交互)에서 삶의 진정성에 눈뜨고 지혜로운 처신을 시범하는 노년의 경륜을 보여준다. 그런데 이 쉽고도 어려운 처신이 단순히 적층된 인생 체험에서만 기인했을 리 없다. 인생과 신앙의 적선(積善) 그리고 때와 날을 관류하는 단련의 수고가 그 밑바탕에 잠복해 있을 터이다.

2. 신앙과 생활의 깊고 아름다운 조화

신앙인의 삶이 그렇지 않은 이의 삶보다 더 고상하고 가치 있다는 식의 일반론은 성립되지 않는다. 종교적 신념을 품고서도 기본 상식을 갖추지 못한 경우가 허다한 한편, 종교적 교리와 무연(無緣)하면서도 인간으로서의 위의(威儀)에 충실한 사례가 적지 않기 때문이다. 그런데 종교적 인식 또는 습성을 가진 이가 유독 특별한 이유는 생명 현상을 넘어서는 문제, 곧 사후 세계에 대한 설명이 가능하다는 사실 때문이다. 죽음 후의 행로에 대한 답안을 갖고 있지 않다면, 그것은 종교가 아니다. 현실주의 철학자요 정치가로서 공자의 '유학'이 궁극적으로 '유교'가 아닌 것은, 곧 종교가 아니라 학문 체계인 것은 바로 이 때문이다.

사후를 경계하고 예비하는 마음을 가졌다면, 그 삶이 후반을 향해 갈수록 겸허와 근신의 미덕을 자아내기 마련이다. 연륜이 오랜 종교인에게서 발견되는 그 소중한 덕목을, 우리는 여기 안영의 소설에서 여러 모양으로 목격하게 된다. 물론 이를 소설에 반영하는 데에서, 종교적 교리가 앞서면 자칫 '문학으로서의 종교'에 국한될 위험이 있다.

마침내 종교문학이 궁극의 목적지로 삼는 것은 종교의 사상성에 힘입어 그 내면이 한껏 확장되고 웅숭깊어진 허구적 예술 장르의 성과이다. 안영의 소설들은 이 양자 간에 큰 목소리를 내지 않고 의도된 욕심 없이, 있는 그대로의 화법으로 신앙과 소설을 한데 묶는다. 결과적으로는 아주 전략적인 방법이기도 하다.

「비밀은 외출하고 싶다」는 다시 액자소설의 형식을 동원했다. 화자인 '나'는 집안 어른인 '민순 아짐'의 방문을 받고 그 가족의 비밀을 전해 듣는데, 그것은 종교적 신앙으로 수혈을 거부하며 생명을 경각으로 내모는 이야기이다. 그의 동생 민철의 아내가 갑상선에 이상이 생겨 수술과 수혈이 이루어져야 하는 형편인데, 특정한 종교적 신념을 가진 동생을 속이고 수혈을 감행하여 목숨을 살렸다는 전말이다. '아짐'은 비밀 누설, 곧 자기 카타르시스의 탈출구로 '나'를 선택했고 더불어 '나'는 자신의 종교적 판단에 이를 비추어 보는 자기 성찰의 시간을 갖는다. '나'는 '아짐'의 행위를 지혜롭다고 평가한다. 이 소설이 종교적 상식이나 건전성, 곧 이단 시비에 관한 한 줄의 언급도 없이 깔끔한 마무리에 이른 것은 이 작가의 숙성한 관점을 반영한다.

「하늘로 날아간 새」 역시 액자소설의 기법을 사용했다. 천주교의 낙태 금지 교리를 원용하지 않고서도 태중에서부터 아이 모두를 사랑하는 한 어머니의 순수한 아픔을 손에 잡힐 듯 선명하게 그린 이 작품은 화자인 '혜정'이 관찰자의 눈으로 그 어머니 '선영'의 심리적 동향과 숨어 있던 사실을 점진적으로 파헤쳐낸다. 마지막 아이를 하늘로 떠나보낸 후 아이의 주검을 둔 곳에 한 달에 한 번 찾아가는 선영, 교회 차량 봉사로 그 왕래에 발이 되어준 혜정은 생명의 존귀와 서로를 위무하는 신앙의 가치를 함께 체득한다. 그런데 이러한 소통과 공감은 외형적이거나 물질적인 차원에서는 습득이 불가능한 것이니, 그 중심

문학으로 만나는 기독교 사상

에 종교적 실천이 매설된 셈이다.

「2010년 6월」은 종교성을 포괄하는 동시에 노년에 이른 삶의 균형 있는 시각을 함께 보여주는 소설이다. 미국에서 메일을 통해 한국의 정치 현실에 관한 비분강개의 심정을 띄우는 '회장님'이 있는가 하면, 상당한 진보적 의식을 갖고 선거 날 어머니에게 야당에 표를 주라고 요청하는 미국의 아들도 있다. '나'는 다시 주변에 이와 같은 의견들에 대한 조회를 요청하고 각양각색의 답변과 주장을 들으며, 종교적 판단도 받아본다. 종내의 '나'는 이러한 일련의 혼란스러운 일들에서 해방될 것을 선언하고 다시 '기도'하기 시작한다. 세상의 이목에 기대기보다 종교적 진실을 추구하는 쪽으로 길을 바꾸었다면, '나'야말로 명약관화한 '종교적 인간'이다. 작가는 스스로 세속에 연접하여 쟁론하는 종교가 아니라, 눈에 보이지 않는 절대적 권위에 순응하여 탈각을 도모하는 종교로 넘어가기를 원하고 있다.

그런가 하면 「로체스터 통신」에서는 신앙을 통한 구원관을 정면으로 드러낸다. 한 노모가 미국에 살고 있는 큰아들 집을 방문하여 뒷바라지를 하는 동안 한국 교회의 신부에게 보내는 서신 형식으로 비밀을 털어놓는다. 모든 면에 우수한 큰아들과 형보다 못하다는 열등감에 시달리는 작은아들, 두 아들을 중심으로 가족 관계에 균열이 일어난다. 어머니는 연민 어린 마음으로 작은아들을 보살피지만 아버지나 형은 그를 외면하고 더욱 이기적으로 대응하는 이야기이다.

그런 와중에 작은아들은 자살로 생을 마감하고 어머니는 극심한 우울증에 빠진다. 이때 이웃의 권유로 '하느님'을 만난 노인은 증오의 대상이었던 남편과 큰아들을 용서하게 된다. 그 후 미국에서 큰아들을 돌보는 가운데 뼈저리게 사무치는 노년의 외로움을 신앙으로 극복한다. 그런데 소설의 말미에 이르러 보니 수신인인 그 신부는 화자와 개인적인 친분이 있는 이가 아니었다. 그렇게 기지가 살아 있는 지적 조작은 문득 이 글이 소설로서 가치 있다는 후감을 촉발한다.

신앙 문제를 다룬 또 하나의 단편 「酒님? 主님!」은 동음이의어로서의 술과 절대자 사이에서 신앙인들이 당착하는 현실적인 일을 가볍고 속도감 있게 다룬 소설이다. 개신교와 달리 금주(禁酒)가 절대적이지 않은 천주교인이 이에 대한 절제를 상실했을 때 발생하는 사태를 하나의 본보기 예화처럼 그려 보인다. 그런가 하면 지금의 부부 사이를 거슬러 과거사의 술과 관련된 이력들도 이끌려 나온다. 중심인물 '소피아 씨'의 선택은 결국 '기도'이다. 이제껏 살펴본 이 작가의 신앙은 이렇게 삶과 사유의 모든 부면에 두루 미치고 있다.

3. 노년의 지혜와 관조적 세계관의 힘

작가 안영의 가족사에 대한 그리고 자신의 내부에 끌어안고 있는 신앙에 대한 관조적 대응력이 그의 젊은 날에도 그렇게 유연하지는 않았을 것이다. 그뿐만 아니라 누구나 세월의 흐름을 감내한 마땅한 값을 지불하고서야 얻을 수 있는 것이기에 그러하다. 때로는 인고의 값이 혹독할수록 사람의 그릇이 더 커지기도 할 터이다. 세상에 그냥 자란 나무가 없고 거저 성숙된 인간 됨이 없는 연유로, 바다에 이른 물줄기를 보면서 시내와 강을 짐작하듯 노년의 삶을 통해 그의 젊은 날을 유추하는 것이다.

노년의 삶과 생각을 드러내는 안영의 소설들은, 그가 올곧은 사람 됨을 향하여 그리고 신앙인으로서의 온전함을 위하여 부단히 노력해 왔음을 여실히 보여준다. 그것을 문학으로 발현하는 방략에서, 사실적 기록을 앞세운 자기 고백적 진술보다는 허구적 사실성의 효용이 발양되는 소설이 더 효율적일 수 있다. 그러기에 여기서 살펴보는 몇 편의 소설들은 오히려 시치미 뚝 떼고 더욱 소설다운 외형을 갖춤으로써, 이 창작집 전반에 걸쳐 가장 소설다운 소설들이 집적되었다.

「골프공과 맥주」는 정년 퇴임에 이르도록 학문의 세계와 독자적 자기 관리의 삶을 살아온 '강지영 교수'가 친구 · 이성 · 여행 등 여러 접촉점을 통해 삶에서 진실로 귀중한 것이 무엇인가를 규정해나가는 이야기이다. 사람마다 그 우선순위가 다르기 마련이지만, 일생을 두고 연마한 자기 세계가 노년의 주변 환경 변화에 어떻게 반응하는가를 구명하는 일은 결코 간단해 보이지 않는다. 그와 같은 좌충우돌이 바로 논리적 정제를 벗어난 소설의 형용이다. 그런데 여기서 강 교수를 오래 돌봐온 친구 승희의 시각이 별개로 작동하고, 작가는 전지적 시점으로 이 전체적 면모를 서술한다. 소설의 마지막은 다시 강 교수를 위한 승희의 '화살기도'에 이른다.

「두 남자」는 남편을 잃고 혼자서 아들을 키운 '경옥'이 늦게야 마음에 맞는 남자 '준원'을 만나 생활의 변화를 꿈꾸는 소설이다. 두 사람은 서로를 배려하며 합리적인 미래를 일구어나간다. 거기에는 교회 안에서의 관계와 조력도 포함되어 있다. 그러나 글로벌 경제 위기로 이들의 관계가 깨어지고, 경옥은 아들에게서 자꾸만 죽은 남편의 모습을 발견한다. 마지막 준원의 편지를 두고 경옥은 혼란에 빠지지만, 굳이 정돈된 결말을 제시하지 않아도 소설로서의 형식을 제대로 갖춘 결미가 되었다.

「똑똑한 머슴」은 모처럼 씩씩하고 유쾌한 젊은이의 초상을 보여주는 소설이다. 2년 2개월의 군 생활을 마치고 제대한 '혁수'는 아르바이트로 '맑은 눈을 가진 일본 아이'의 영어 강습을 맡는 선생이 되었다. 아이의 아버지는 국영기업체 주재원 출신의 회사 사장이고, 어머니는 행실 바른 일본인이다. 가르치는 학생이 아이이고 그 어머니가 한국 사정에 서툰 일본인인 까닭에 자연히 여러 가지 문제가 발생한다. 혁수는 성실하고 열정 있는 과외 선생으로서 이 '머슴살이'를 잘 수행한다. 국적과 언어와 생활 습속을 넘어서는 심정적 교류가 촉발되었을 때 혁수를 '똑똑한 머슴'이라 호명할 만하다.

마지막으로 「오십 년 전에 뿌린 씨앗」은 교사였던 남편이 세상을 떠나고 이제 일흔일곱 살 희수(稀壽)에 이른 노인이 농촌에서 살아가는 정황을 그렸다. 여고에서 국어를 가르치던 남편은 세 아들을 남겼다. 세 아들 중 둘째가 사고를 내어 온 가족이 협력하여 어렵게나마 사건을 해결했는데, 노인에게 큰 복락이 있을 리 없다. 다만 가까운 교회에 등록하고 성경 필사와 함께 마음의 안정을 얻은 것이 복이라면 복이다. 여기에 50년 전 남편의 제자들, 이제는 '곱게 늙은 부인들'이 된 제자 4명이 찾아온다. 이들은 세월을 건너뛴 감사의 인사를 전하며 '두툼한 봉투 하나'와 앞으로 죽순을 사러 오겠다는 약속을 남기고 떠났다. 노인에게 남은 것은 또다시 감사의 '기도뿐'이다.

지금까지 살펴본 안영의 소설 전편을 일관하는 핵심어는 가족, 신앙, 지혜, 감동, 감사와 같은 고상한 가치 지향의 용어들이었다. 작가는 '작가의 말'에 "일상적인 삶 속에서 새롭게 보고 느낀 이야기들, 비록 작지만 그것들이 제게 감동을 주면 다른 사람들에게도 들려주고 싶어집니다"라고 썼다. 그 고백이 '그래서 소설을 쓴다'는 토로라고 보았을 때, 작가로서의 성상(星霜)이 오랠수록 감동의 범위와 진폭도 커진다는 점을 염두에 두면 그의 소설 창작은 앞으로 더 유장한 감성과 감동의 물결을 이루어갈 것으로 사료된다.

문학으로 만나는 기독교 사상

믿음, 민족혼, 인간애의 세 줄기 빛

박경숙의 『약방집 예배당』

1. 한국 교회와 신앙의 빚진 자

한국 교회가 개신교 100주년 기념 행사로 떠들썩할 무렵, 필자는 구소련의 수도 모스크바를 방문했다. 그런데 이제 막 100년간의 공산주의 정치 실험을 실패로 끝마친 이 유서 깊은 도시에서, 유난히 강렬하게 눈에 들어오는 풍광이 있었다. 거리 곳곳에 안내 표지판이 붙은 러시아정교회 1000주년 기념행사들이었다.

그랬다. 우리가 100년이라는 짧은 역사 속에서 세계가 놀랄 만한 교회의 부흥을 이루고 선교 강국으로 발돋움하는 그 요란한 과정을 거쳐오는 동안, 그 열 배에 해당하는 장구한 세월의 풍화와 침식을 견딘 그곳 교회는 차분한 분위기로 이를 기념하고 있었다. 한국 교회의 기독교 신앙은 지금의 영광스러운 모습을 자랑하기에 앞서 그 토양과 자양분을 마련해준 세계 기독교사에 빚진 바가 없는지 겸손한 마음으로 스스로 성찰해보아야 할 것이다.

백성들의 기질적 속성에 비추어 보면 '천지창조'보다는 '천지개벽'이 더 잘 이해되는 나라, 예수 그리스도의 복음과는 지역적·환경적 태생이 너무도 판이했던 나라가 바로 한국이었다. 그런데 부분적인 여러 문제가 상존하고 있다 할지라도, 오늘날과 같이 교세와 신앙이 성장하고 그것을 세계 각국으로 전파하는 부흥에 이르렀다면, 그 성과를 자랑하기에 앞서 누구로 인해 어떤 은혜로 그와 같은 열매 맺기가 가능했는지 마땅히 검증해보아야 한다.

신앙적으로 배타적이었던 나라에 복음을 전해준 서구 신앙 선진국들과 그 선교사들의 희생적인 헌신이 먼저일 터이다. 서울시 마포구 양화진의 '외국인선교사묘원'에 유택을 두고 있는 한국 초대교회의 선교사들이 바로 그 증인들이다. 그런가 하면 한국 교회의 처음, 곧 초기 교회 시기에 신앙의 실천에 명운을 걸었던 믿음의 선조·선배 들이 그다음일 터이다. 이분들의 행을 두고 말하자면 수십 권의 서책이 다 감당할 수 없을 것이다.

여기 그 가운데 간과할 수 없는 한 가문의 이야기가 있다. 재미 작가 박경숙의 실화 소설 『약방집 예배당』에 전개되는 '한국 교회의 개척과 독립운동으로 순국한 배씨 일가 이야기'가 바로 그것이다. 이 소설은 기독교 서적 베스트셀러에 이름을 올리기도 하고, 2007년도 '한국기독교출판문화상'을 수상하기도 했다.

지금도 지역사회의 수많은 영혼을 양육하고 있는 김해교회의 설립자 배성두 장로 그리고 일제강점기 독립운동사에 뚜렷한 족적을 남긴 배동식 열사가 기독교 신앙을 바탕으로 이룬 믿음과 민족혼과 인간애와 실천이야말로, 한국 교회의 개척과 그 믿음이 어떻게 시발되었는가를 웅변하는 범례에 해당된다.

2. 역사의 소설화, 소설의 역사성

이 소설은 19세기의 원년, 곧 1801년부터 오늘에 이르기까지 200여 년에 걸친 시간적 배경을 바탕에 깔고 출발하여 조선조의 충주 관찰사였던 배수우란 인물로부터 6대에 걸친 한 가문의 실증적 가족사를 그리고 있다.

그런데 이 배씨 일가 이야기가 한 가계의 흥망성쇠만을 담론 구조로 삼고 있다면 구태여 단행본으로 출간될 이유도, 또 소설화될 이유도 없었을 것이다. 이 소설은 근대사의 험난한 파고를 밟아온 한 가문의 생존 기록인 동시에 한국의 초대교회 성장과 일제강점기 독립운동 실상을 핍진하고 처절한 증언으로 채우고 있다.

우리는 이 배씨 일가의 가족사를 거울 삼아 시대적 상황 속에서 융기하고 침윤한 우리 역사의 진면목을 반사해볼 수 있으며, 그러기에 이 가족사는 큰 이의 없이 민족사의 지평으로 그 의미를 확장해볼 수 있을 것이다.

그렇게 되비추어 보기의 구체적 절목에는 기독교 신앙 문제가 먼저다. 배수우에서 광국, 성두, 동석으로 이어지는 가족 계보는 한국 교회 초기 신앙의 박해를 헤치고 연면히 이어져 오늘날의 김해교회를 세웠으며 주위의 여러 지경에 이르도록, 또 많은 종교적 선행을 수반하면서 믿음의 모본을 보였다. 그 하나하나의 과정이 때로는 목숨 건 사생결단으로, 때로는 지극정성으로 일관된 모습으로 드러날 때, 비록 이를 이야기의 기록으로 접한다 할지라도 거기에 눈물겨운 감동이 수반되는 것이다.

다음은 배수우의 3대손 동석이 감당한 항일 저항운동과 희생의 문제이다. 동석은 학생으로서, 교사로서, 또 '대한광복회'의 일원으로서,

일제에 저항하고 만주의 독립군에게 군자금을 전달하며 삼일운동의 주동자로서 지속적인 투쟁을 전개한다. 결국 그는 서대문형무소를 거쳐 세브란스병원에서 생을 마감한다. 그 공로가 인정되어 다소 뒤늦은 1980년 광복절에 대통령 표창이 추서되었고, 2004년 독립 유공자로 추대되었다. 민족사적 견지에서도 잊지 말고 기려야 할 선열의 헌신이라 할 수 있다.

이 치열한 배씨 일가의 삶이 이처럼 소설로 기록되어 후대의 목전에 제시될 수 있었던 배면에는 배동석 열사의 차남인 배유위의 장남, 배기호 장로의 애끓는 집념이 있었다. 그래서 저 고색창연한 과거사로부터 오늘 이 기록에 이르는 2세기에 걸친 과정을, 필자는 배수우 관찰사로부터 시발된 6대의 가계에 이른다고 언명했던 바이다.

과거의 역사에서 교훈을 얻지 못하는 민족에게 미래가 있을 리 만무하며, 민족 공동체의 존립에 헌신한 선열을 성의 있게 존중하지 않는 세대가 올곧게 발전하기는 어려울 것이다. 이 소설적 기록은 그런 의미에서 단순한 하나의 이야기가 아니라 역사적 기록이요 민족적 책무를 말하는 진품의 교과서이다. 신앙과 민족정신을 자재 삼아 오랜 세월에 걸쳐 정성스럽게 지어 올린 집의 형상으로 빚은 이 소설은 여러 부면에 여러 모양으로 패악한 지금 우리 세대에 경종을 울린다.

3. 한국적 사도행전의 실천과 그 모범

이 소설은 배씨 일가의 삶이 가진 역사성을 빛의 존재 양식으로 설명하고 있다. 제11장 '같은 땅이건만' 제하의 내용에 다음과 같은 구절이 나온다. 배수우의 손자, 광국의 아들 영업이 아직 그 이름을 성두로

문학으로 만나는 기독교 사상

바꾸기 전에 한양과 충주를 거쳐 고향인 김해 동상마을로 돌아오는 대목이다.

> 6년 만에 고향으로 돌아오는 그의 가슴 안엔 잠시 스친 인연이 었지만 결코 잊을 수 없는 세 사람의 눈빛이 어우러져 있었다. 그들은 충주 약방집의 김 노인과 한양에서 잠깐 보았던 동학 교주 최시형, 그리고 갑신정변이 일어났던 밤, 민영익 대감 집에서 만났던 알렌이란 서양 의사였다. 그들 세 사람은 서로 다른 사람들이었는데도 영업의 가슴 안에 마치 한 사람처럼 어우러져 있었다. 밭은 기침 속에 목숨이 쇠잔해가면서도 세상을 꿰뚫어 보던 충주의 김 노인, 광대뼈가 불거진 얼굴에 옴팡한 눈으로 모든 것을 보는 것 같기도 하고, 아니면 아무것도 보고 있지 않은 것 같았던 동학 교주 최시형의 눈빛, 그리고 몹시도 낯선 모습이었지만 이상하게도 온기가 어려 있던 알렌의 푸른 눈······. 영업은 뭐라고 설명할 수는 없었지만 그 세 사람이 한데 어우러져 자신의 가슴 안에서 출렁이고 있음을 느꼈다. 그가 6년의 객지 생활에서 얻은 것이 있다면 세상 너머 무엇인가를 보고 있는 듯한 그들의 눈빛이었다. 그는 날이 갈수록 뭔가 형용할 수 없는 기운이 자신의 내부에서 꿈틀거리는 것을 느꼈다. 그것은 아직 가보지 않은 세계에 대한 희망 같기도 했고, 아니면 감당할 수 없는 외로움 같기도 했다.

여기서 영업이 6년에 걸친 '객지 생활'을 감당한 것은, 곧 이 소설의 중심인물로서 고향을 떠나 넓은 세상 문물 가운데서 그 신앙이나 인간애의 행위 규범을 단련하는 방식에 해당한다. 아울러 여기서 언급된 세 인물의 눈빛이 모두 '세상 너머'의 무엇인가를 보고 있는 것은, 영업의 과제가 세속의 명리를 넘어서는 지점에 정초될 것임을 암묵적으로 시사한다.

서양 의사요 선교사인 알렌의 푸른 눈빛은 영업의 가계에 신앙의 과제를 촉발하는 방향으로, 처형을 앞둔 최시형의 담담한 눈빛은 동학의 근본정신이 그러하듯 그 아들이 지고 갈 민족운동의 순정한 발현으로, 쇠잔한 목숨 가운데서 김 노인이 보인 투시의 눈빛은 신분 고하를 막론하고 궁극적으로 인도주의 정신과 그 실천을 예비하는 의미로 이 소설 속에 살아 있다.

서양 선교사 알렌, 데이비스, 로스, 레이먼드 등은 조선 땅에 기독교 신앙의 씨앗을 뿌린 인물들이며, 신앙의 박애주의 이외에도 인간적인 삶의 진실성을 보여주는 범례들이다. 이러한 표본 선진들의 생각과 행적을 뒤따르며, 자신의 이름을 영업에서 성두로 바꾼 김해교회 설립자 배 장로는 소설 분문 그리고 '에필로그'에서 볼 수 있듯 양선(良善)과 적덕(積德)의 모범을 실천해갔던 것이다.

그는 자신의 이름을 바꾸는 데서 그치지 않고 부인 한금을 한나로, 아들 만복을 동석으로 바꾸는 등 개명을 단순한 일회성 절차로 그치지 않는다. 호명 변경의 성격은 좀 다르지만 동석은 그 아내 복남을 혜림으로 고쳐 부른다. 마치 성경의 아브람이 아브라함으로, 사래가 사라로, 야곱이 이스라엘로, 또 사울이 바울로 새 이름을 얻듯이, 자신의 삶 전체를 새로운 헌신의 결의 아래 묶어둔다는 의미를 내포하는 행위라 할 수 있다.

배성두의 삶이 그 가족공동체와 더불어 신앙 중심으로 편성되면서, 아들 동석의 독립운동이나 멀리 하와이의 '사진 신부'로 떠나는 딸 천례의 해외 이민에 이르기까지, 그의 신앙은 모든 일과 사건을 통합하

문학으로 만나는 기독교 사상

는 동심원의 중심이 된다. 그는 김해 고을 최초의 세례자이자 교회 설립자로서 빈한하고 곤고한 삶의 현장에서 기독교 신앙이 어떻게 뿌리내리고 그 실천적 면모를 보일 수 있는가를 체현한 선각자였다.

이를테면 그는 한국 초대교회의 새 길을 밝힌 빛이었고, 그가 신앙적으로 품은 순수하고 진실한 꿈은 아들 동석이 애국 헌신과 희생의 길을 선택하게 한 동인으로 작용했다. 그의 일생은 한편으로 신앙의 권능에 붙들린 것이면서 다른 한편으로는 순후하고 끈기 있는 인간성의 개가라 할 터인데, 이를 소설로 읽으면서 우리가 스스로의 삶을 되돌아보는 것은 또 다른 숙제라 하겠다.

4. 독립 유공 사료 발견과 신앙적 교훈

조선 전국을 뒤흔든 기미 만세운동에 뒤이어 수감된 지 햇수로 6년 만인 1924년 8월에 배동석 열사는 서대문형무소를 거쳐 병보석 중인 세브란스병원에서 영면했다. 만시지탄(晩時之歎)의 감이 없지 않으나, 앞서 언급한 바와 같이 1980년에 대통령 표창이 추서되고 2004년에 독립 유공자로 추대되어 그 유해가 고향 선산에서 대전 국립묘지로 이장되었다.

기실 배 열사와 마찬가지로 자신의 생명과 가족들의 희생을 담보로하여 이름도 없이 헌신한, 그리하여 마침내 역사의 행간 속으로 속절없이 사라져버린 선인들이 얼마나 많을지 알 수가 없다. 그러나 배 열사의 경우는 그 후손들의 끈질긴 노력과 증거 자료에 의해 다시금 그이름이 역사의 수면 위로 떠오른 셈이니 독립운동사의 새로운 사료를 발굴하고 확장했다는 특별한 의의가 거기에 결부되어 있기도 하다.

더욱이 여기에는 간도 땅의 독립선언서나 지방에서의 만세 운동 진행 상황 등 값진 기록들도 담겨 있다.

　민족주의 종교로 출발한 천도교의 교주 최시형의 눈빛에서 배영업, 곧 배성두가 보았던 또 하나의 빛, 민족혼과 민족 해방 운동의 빛줄기가 이 소설의 저변에 흐르고 있고, 그것은 소설의 중반 이후에 집중적으로 드러나는 동석의 항일 저항 행적으로 현실화된다. 그런데 중요한 것은 그 행적이 소설로 전개되었으나 만들어진 허구가 아니며 실제로 있었던 역사적 사건들이란 점이다.

　이 소설에 등장하는 독립운동에 관련된 실명의 인물들과 그들의 언행이 이에 대한 구체적 증빙이 될 것이다. 조선 최초의 외과 수술의이자 선교사였던 알렌, 한양 경신학교에서부터 동석과 뜻을 같이한 이갑성, 대한광복회 회장 박성진, 만주 신흥강습소의 이희영과 김좌진, 상해 임정의 이동녕, 만세 운동을 함께 주창한 박순천 등 동석이 함께 거사를 도모하고, 그 과정에서 접견한 역사적 인물들이 이의 사실성을 객관적으로 증명한다.

　일찍이 『실락원』의 작가 존 밀턴이 언명한 바와 같이, 깨어 있는 정신으로 험악한 시대를 살아간 배동석의 삶은 작가가 보기에 한 가닥 소중한 빛줄기를 키우는 일이었다. 그 빛은 매우 오래전에 시작되었다. 소설에서는 일찍이 그의 아버지 배성두가 아직 배영업이었을 때, 1880년 경진년 김해 동상마을을 떠나 한양으로 6년간 떠돌이의 길을 떠날 때, 20년 전 그의 스승 김선비가 영업의 가슴에 빛이 스며 있다는 말을 남기고 떠난 그 길 위에 섰을 때부터였다. 20년 전의 작은 암시가 자각증상을 드러내기 시작했기 때문이다.

　성두는 문득 자신의 손을 덮던 동석의 큰 손아귀를 생각했다.

　　　　　문학으로 만나는 기독교 사상

그 애는 너무 크다. 뭔가 넘쳐! 이 일을 어쩌면 좋을꼬! 이 어려
운 시대에 빛을 품었다는 것은 곧 고난을 뜻하는 것이 아닌가.

　　성두의 가슴에 일기 시작한 빛이 그 아들 동석에게 전이되어 있음
을 확인하는 장면이다. 성두는 육친의 정으로 아들의 안위를 염려하
긴 하지만 그가 품은 뜻, 그가 품은 빛을 저지하려 하지는 않는다. 그
는 이미 자신의 체험을 통해 빛의 생명력을 감각하고 있기 때문이다.
그가 빈핍한 이웃들에게 베푼 박애의 의술이 신앙을 바탕으로 한 빛
된 일의 시현이었다면, 동석이 나라에 바친 제어할 길 없는 열정 또한
그와 같은 경우였음을 인식할 수 있었던 것이다.
　　1919년 8월 만세 운동 주동자 28인의 재판에서 동석은 의자로 일본
인 재판관의 머리를 내려친 강골이었다. 덕분에 법정모욕죄가 가중되
어 10년 형을 선고받았고 끝내 폐결핵으로 병사하게 되었지만, 그가
이갑성에게 "우리는 실패하지 않았다"고 말한 것처럼 그와 같은 저항
의 정신이 마침내 독립의 그날을 앞당기고 살아 있는 민족혼의 개화
를 약속할 수 있었던 셈이다. 그의 죽음은 만 서른세 살, 그 가문의 신
앙, 예수 그리스도의 임종과 같은 나이였다.

　　"주여! 그 아름다운 젊은이를 우리가 잊지 않게 해주소서.
　　늘 기억하게 해주소서.
　　그가 세상에 심어놓은 빛의 씨앗이 자라고 퍼지게 해주소서."

　　동석을 아들과 같이 사랑하고 돌보던 레이먼드 선교사의 마지막 기
도이다. 그와 그의 동류들이 뿌린 빛의 씨앗이 없었다면, 지금의 우리
가운데 누구도 춘원 이광수나 육당 최남선을 민족정신을 거스른 자로

비난할 수 없을지도 모른다. 이는 춘원이나 육당에 대한 비난이 정당화되어야 한다는 뜻이 아니라, 그와 같은 민족적 지도자들이 훼절(毁節)과 아세(阿世)를 서슴지 않던 시기에 모든 것을 던져 빛의 길을 따라간 선열을 기리는 일이 얼마나 절실한지를 이야기하자는 것이다.

5. 인간애의 진정성과 그 소설화

이 소설의 전반부에는 충주의 배수우 관찰사에서부터 광국과 영업의 3대를 거치면서 김해의 약방집으로 정착하기까지의 이야기가 주를 이룬다. '종년의 딸'이 사망한 일과 '천주학쟁이'로 몰릴 것을 우려하여 배수우가 야반도주로 길을 떠나면서부터 필설로 다하기 어려운 고난의 날들이 시작된다. 이 이야기들을 지지하는 중심축은 신분의 차별이나 재물의 유무를 넘어선 인간 사랑, 인본주의의 정신이고, 실제로 배씨 일문은 때로 이것을 공여받기도 하고 베풀기도 하면서 그 가계를 이어간다.

배영업이 보았던 충주 약방집 김 노인의 눈빛은, 더 거슬러 올라가면 그 할아버지 수우와 아버지 광국을 선대했던 강치선의 눈빛이며, 영업을 자식처럼 돌보던 강치선의 동생 강주부와 스승 김 선비, 그리고 약방을 돕던 삼걸이나 동학도였던 작패의 눈빛이었다. 범박하게 말하자면 당대를 살았던 선량한 민초들의 눈빛, 그러나 그 속에 세상 살이의 이치를 담고 사리분별을 깨우친 지혜를 담은 그러한 눈빛이었던 것이다.

너무도 험난한 시대사, 무수한 인명이 사고와 역병으로 스러지는 가족사를 현장에서 목도한 이들의 눈빛이 오래된 삶의 지혜를 담아내는

문학으로 만나는 기독교 사상

것은 매우 당연한 일이다. 그런데 그에 초점 맞추어 인간중심주의의 이야기로 나아가자면, 그것은 신앙과 민족운동의 정신적 승리를 담보하지 않더라도 충분히 소설적 설득력을 얻을 수 있다.

그것이 곧 인간성 탐구에 가장 중점을 두는 소설의 자리이며, 배씨 일가 이야기는 바로 그와 같은 인간애에 바탕을 두고 출발한 연유로 그 장대한 이야기들을 소설이라는 그릇에 담기에 알맞은, 그야말로 소설적인 이야기로 전화되고 증폭될 수 있는 잠재력을 가졌다.

이러한 측면이야말로 이 소설의 근본적인 두 중심축, 곧 신앙의 가문과 독립운동의 가문을 일으킨 저력을 말할 것이며, 이 인간애의 진정성이 살아 있음으로 배성두와 배동석의 이야기가 세상으로부터 존중받도록 그 지위가 내실 있게 뒷받침될 수 있을 것이다.

그런가 하면 이 소설에는 우리 민족의 미주 이민사에서 다시금 주의 깊게 조명되어야 할 하와이의 '사진 신부' 이야기가 상당한 분량에 걸쳐 언급되고 있다. 동석의 동생 천례가 신앙 가문의 모본이 되어 하와이로 떠난 저간의 사정이나 편지를 통해 알려온 하와이 농장에서의 생활이 생생하게 다가온다. 이는 국민의 안위를 전적으로 책임질 수 없었던 당시 우리의 국력 및 위정자들의 허약함과 더불어, 역사의 재조명을 위해서도 잘 살펴두어야 할 부분이다.

근대적 사건들의 온갖 굴곡이 요동치던 시대사의 한가운데를 헤쳐오는 가운데 배씨 일가의 이야기가 소설로 엮어져 이렇게 독자들 앞에 제시되었다는 것은, 우리가 잘 모르거나 잊고 있었던 빛의 길을 민족적 삶 속에서 다시 확인하는 계기가 될 것이다. "지금은 하늘나라의 별로 빛나는 배성두 장로와 배동석 열사, 두 사람의 빛은 배씨 일가 안에서뿐만 아니라 아직도 우리 주변을 흐르고 있다"는 작가의 말처럼, 이 이야기는 아직 끝나지 않았다.

아무리 좋은 모양과 빛깔을 가진 구슬들이 지천으로 널려 있다 하더라도 이를 하나의 꿰미가 되도록 연결하지 않으면 보물이 될 수 없다. 마찬가지로 우리 곁에 아무리 훌륭한 신앙의 모범적 사례가 펼쳐져 있다 할지라도, 이를 본받아 마음에 새기고 행동을 통해 실천하지 않는다면 바람직한 신앙의 교훈이 될 리 없다. 이 경우 책임의 귀속은 신앙의 실천자 그 자신에게로 향할 수밖에 없다.

세상의 풍조가 신의 없이 변화하고 온갖 죄악이 관영한 마당에 배씨 일가를 통해 학습할 수 있는 올곧은 신앙 본받기는 우리의 심령에 묵직한 울림을 남긴다. 그렇다. 문제는 우리에게 있다. 지금 여기에서, 이 모습 이대로, 우리의 연약한 손을 내밀어 본받아 배울 신앙 위인들의 삶을 붙들어볼 일이다. 그분들도 당초에는 우리처럼 연약하고 중도에 포기하기 쉬운 존재였던 것이다.

가족사의 기록을 붙들고 오랜 세월을 준비한 배기호 장로와 이를 소설 문법으로 풀어낸 박경숙 작가를 만나, 이 책을 독자들에게 소개할 수 있는 것은 필자에게도 보람된 일이다. 이 책을 읽는 독자들이 필자가 누렸던 그 속 깊은 감동을 함께 나눌 수 있기를 바란다.

성과 속, 그 수직과 수평의 축

이승우의 기독교 소재 소설

1. 사상을 담은 문학 또는 기독교 문학

우리 문학이 안고 있는 취약성 가운데 그 정도가 오래고 깊은 항목 하나를 들기로 한다면 필자는 사상성의 부재 또는 사상을 담은 걸작의 부재를 지적할 것이다.

작가 이승우를 논의하는 이 자리에서 바로 그러한 사상성의 확보라는 문제와 관련하여 종교문학, 특히 기독교 소재의 문학을 언급하는 것은 매우 의의 있는 일이다.

앞서 언급했듯 '종교적인 인자가 소설의 문학성을 부축해주고, 소설이 종교적 교리의 의미를 평이한 해석의 차원으로 끌어낼 수 있을 때, 우리는 탁발한 종교 소재의 소설 문학을 만나게 될 것'이다. 그런데 소설의 미학적 가치에 내포적인 부피가 광대한 종교성의 조력이 공여된다면, 사상을 담은 문학이라는 아포리아는 활달한 해소의 길을 열

수도 있을 터이다.

더욱이 이승우는 기독교 소재의 소설들을 통하여 이 점을 명민하게 알아차리고 있는 듯하며, 그의 기독교적 체험과 상상력을 십분 활용하여 범박한 사회사적 스토리를 두 겹의 중층구조로 확장하는 유다른 형상력을 보여주고 있다.

그런 점에서 이승우의 겹친 꼴 이야기 구조는 상당한 효력과 설득력이 있어 보인다. 신성과의 접속에 관한 문제만을 위하여 이야기가 전개되는 것이 아니라 반드시 세간의 저잣거리를 동반하고 있다. 요컨대 교의가 환상의 형태로 용해되어 소설의 이야기 구조 속에 산포되어 있으며, 그것이 그의 소설을 유연한 소설의 자리로 밀어 올리는 요인이 되기도 한다.

예를 들어 압제적 권력의 상징적 의미를 성경의 가시나무 이야기에 빗댄 『가시나무 그늘』의 인용 대목에서도 그는 구약성서 사사기 9장의 장과 절을 밝히지 않고 하나의 우화처럼 처리해버린다. 그런 연후에 이를 고대 페니키아 식인의 신 몰록과 그의 신화적 권력을 설명하는 에피그램(epigram)으로 활용하는 것이다.

동시대의 정신적 교사이길 포기하지 않은, 우리 근대문학에 도입된 기독교 사상의 계몽적 성격은 득과 실의 양면성을 모두 가지고 있었다 하겠거니와, 종교적 신성의 소설적 형용에 해당하는 이승우의 세계 인식에는 어쩌면 이와 유사한 강박관념이 자리 잡고 있다고 해야 할 것이다. 그것은 그가 작품 활동을 시작한 1980년대 초반의 사회사적 환경과 무관하지 않다. 운동 개념으로서의 문학에 지속적인 관심의 시선을 드리우는 그의 작품 세계 그리고 이를 반복적으로 신앙적 관념과 결부하여 서술하고 있는 창작 태도가 그러하다.

바라건대 이승우의 소설들이 근대의 계몽주의적 기독교 문학 문인들이 그러했던 것처럼 개인적인 체험의 절박성에 그치지 아니하고, 종교적 진리의 심오한 해석을 바탕으로 사상을 담은 문학을 심화해가는 모범을 보여주었으면 한다.

그리고 이러한 요청은 이승우의 소설들을 응대하는 내내 우리에게 인식상의 준거 틀 가운데 하나로 따라다닐 것이다.

2. 수직과 수평의 축, 성과 속의 교직

이승우는 1959년 전남 장흥, 그에 앞서 이청준과 한승원을 배출한 장흥에서 출생했다. 중앙대 부속 중·고등학교를 졸업하고 서울신학대학에 재학 중이던 1981년, 『한국문학』 신인상에 매우 독특한 중편 「에리직톤의 초상」이 당선되면서 문단에 나왔다.

1987년 첫 창작집 『구평목씨의 바퀴벌레』를 출간한 이래 『일식에 대하여』, 『세상 밖으로』, 『미궁에 대한 추측』 등의 창작집을 내놓았으며, 1990년 데뷔작을 개작한 장편 『에리직톤의 초상』을 비롯하여 『가시나무 그늘』, 『따뜻한 비』, 『황금가면』, 『생의 이면』 등의 장편소설을 상재했다.

앞서도 언급한 것처럼 이 작가의 신학대학 및 대학원 수학이라는 이력에서 짐작할 수 있듯 이승우는 기독교의 이해에 정통한 드문 작가이다.

그는 첫 작품부터 시작해서 종교적인 수직의 축과 사회사적인 수평의 축을 소설 제작의 두 갈래 줄거리로 상정하였으며, 종교적 성향이 소설의 폭과 깊이를 제한하는 부정적 도그마로 작용하지 아니하고 오히려 그것을 기력 있게 발양하는 강점을 보여준다.

이 씨줄과 날줄의 교직은 성경 본유의 의미, 곧 십자가의 본질과 관련해서 합당한 설명이 주어질 수 있다.

성경에서 하나님이 계시는 자리를 두고 '너희 안에 거하시는 하나님'이라고 할 때, 그 '너희 안'은 'in your heart'가 아니라 'among you'이다. 다시 말해 '너희 마음속에 계시는 하나님'이 아니라 '너희 관계 속에 계시는 하나님'이라고 해석해야 옳다는 말이다.

이 사람들 사이의 관계는 수평의 축이 존재하는 근거와 양식을 말하며, 그 관계의 기반은 서로 간의 화평하고 은혜로운 교제에 있다.

엄밀한 의미에서, 또 성서적 의미에서 한 개인의 신앙이 바로 서 있다는 것은 그와 하나님의 관계가 수직적으로 건강하다는 의미이다. 우리는 키르케고르의 표현처럼 신 앞에 단독자로 서야 하는 실존적 인간이며, 각 개인이 신성의 주체와 일대일의 대응 관계를 맺는다.

아브라함의 하나님, 이삭의 하나님, 야곱의 하나님은 각자에게 유일한 하나님이다. 한 신앙인의 하나님을 '아버지'라 부를 때, 그의 자녀 역시 하나님을 '아버지'라 호칭한다.

그런데 'among you'라는 표현은 이 수직적 관계에 못지않게 중요한 사람들 상호 간의 상관성을 지칭하며, 예수 그리스도의 십자가 희생은 이 두 축의 교차 지점을 상징한다고 할 수 있다. 예수 그리스도를 화목제의 제물이라고 한다면 그것은 신과 사람들, 사람과 사람들 사이의 관계 회복을 함께 목표하고 있다고 할 수 있는 것이다.

이승우가 마련하고 있는 수평적 세계 인식의 방법은 주로 1980년대의 군사독재와 압제적 상황을 지속적으로 환기하면서, 권력의 부당한 힘과 그로 인한 억압 상황을 점진적으로 들추어나간다. 수직의 축을 '성'으로, 수평의 축을 '속'으로 호명할 수 있다면, 그의 소설은 엘리아데가 종교의 본질을 기술한 저서의 제목 『성과 속』으로 그 개념을 요약할 수 있겠다.

이러한 모든 논의들은 그가 기독교를 본질적으로 이해하고 있기에 가능하다 하겠으며, 그 점이 남다른 형이상학적 사고를 펼쳐 보일 수 있는 선험적 조건일 것으로 보인다.

그는 「당신의 자리」에서 '종교는 죄의식의 토양에서만 번식하는 이상한 식물이다'라고 썼는데, 달리 말해 그의 기독교 소재 소설은 신성의 본질에 대한 탐색과 이해가 전제되어 있기에 수준 있는 예술성을 담보한다고 진술해야겠다.

3. 현실적 담화의 구조와 수평성, 소설적 치환의 구조와 수직성

먼저 수평의 축에 중심을 두고 이승우의 소설을 살펴보면, 몇 가지 주제에 따라 다음과 같은 분류가 가능해진다.

동시대 현실에 관심을 가진 작품, 운동권 젊은이들을 내세우거나 소규모의 편집실에서 일하다가 불안감과 강박관념에 쫓겨 숨어야 하는 사정을 그린 작품으로 「구평목씨의 바퀴벌레」와 「아틀란티스」가 있다. 특히 「구평목씨의 바퀴벌레」 같은 작품은 매우 사소하고 일상적인 현실로부터 점층적으로 사건을 전개해나가는 방식이다. 그 일상의 표피 아래에 숨겨진 일들을 발굴해나가는 데서 작가로서의 재능이 엿보인다.

한 개별적인 인간이 느끼는 심적 고통과 권력의 메커니즘을 조합한 작품으로 「그의 실종」이나 「수상은 죽지 않는다」가 있다. 이 부당하고 강압적인 권력의 문제는 장편 『가시나무 그늘』에서 보다 심층적으로 다루어지게 된다.

평범한 현실을 살아가는 소시민의 애환과 그 질박한 삶의 언저리를 사실적으로 드러낸 작품으로 「신들의 질투」와 「홍콩박」이 있다. 「신들의 질투」는 한 인쇄소를 배경으로 순진한 노동자를 능란하게 요리하는 교활한 사용자를 그리고 있고, 「홍콩박」은 세속적 인물의 요령부득인 삶의 태도를 열거하면서도 그에게 기울이는 진솔한 인간애를 잘 갈무리하고 있다.

그런가 하면 민족사적인 분단의 비극과 숨겨진 가족사의 비극을 다룬 작품으로 「유산일지」와 「일식에 대하여」가 있다. 전자는 행방불명된 아버지를 기다리는 어머니의 숙원을 어머니와 함께 감당해야 하는 한 가장의 입지를 통하여, 그에 심정적으로 연관된 아이의 출산을 통하여, 분단과 가족 이산의 통한을 솜씨 있게 걷어 올린 작품이다. 또한 이 작품에서는 판문점으로 진출하려는 학생 시위대를 등장시켜 역사적 사건과 현실적 사건을 함께 어우르는 유익을 얻고 있기도 하다.

후자인 「일식에 대하여」는 「세상 밖으로」 이야기와 짝을 이루는 작품으로서 세월의 갈피 속에 숨겨진 음울한 가족사를 합리적이고 이성적인 시각의 조명으로 추적해나간다. 이러한 추적의 방식은 장편 『생의 이면』에서 보다 확장되어 적용되고 있다.

그의 장편 가운데 수평의 축이 주가 되는 작품으로는 연애소설 『따뜻한 비』가 있다. 캠퍼스에서 만난 두 남녀의 깊은 사랑 이야기를 운동권의 사건들 그리고 일부의 종교적 색채와 함께 그린 이 소설은 그야말로 종합 연애소설인 셈인데, 그렇다고 해서 연애소설 그 이상을 넘어서지도 않는다.

이로써 우리가 이승우의 소설에서 느끼게 되는 긴장감이나 새로운 사고의 구조는, 상당 부분 종교적 영역에서 할당되어 넘어온 것임을 새삼 확인하게 되는 것이다.

지금껏 살펴본 작품의 성격은 주로 수평적 관점에 근거한 것이지만, 이승우는 이 이야기들의 행간을 곳곳에서 수직적 담화로 채워놓고 있다. 직접적으로 발화하지 않는 작품에서도 그 내면을 흘러가는 기층적 사유 체계에 그러한 성향이 잠복해 있음이 감지된다.

　반면에 표면적인 이야기는 매우 다양하고 다채롭다. 예를 들어 「미궁에 대한 추측」의 경우 미궁의 건축 동기를 4개의 가설로 나누어 살펴봄으로써, 마치 네카의 입방체와 같이 진리는 여러 방면에서 관찰이 가능하다는 레토릭(retorik)을 입증해 보인다.

　그가 아무리 종교적 인자를 유다른 후원군으로 확보하고 있다 할지라도 현실적이고 수평적인 이야기의 축조에 능란하지 못하다면, 우리는 그를 좋은 작가로 만날 수 없었을 것이다.

　이제 수직의 축을 중심으로 그의 대표작들을 살펴볼 차례이다.

　이승우의 데뷔작 「에리직톤의 초상」은 에리직톤(Erisichton)이란 흥미로운 존재의 입지점을 어떻게 해석하느냐에 따라 그 해석의 프리즘을 통과한 소설의 태깔이 달라지기 마련이다. 에리직톤은 그리스 신화에 나오는 인물로, 신의 징벌에 의해 자기 살을 뜯어 먹다 죽고 마는 비극적 결말의 주인공이다.

　만약 우리가 수직의 축을 강조하여 설명하자면, 에리직톤은 오늘날 종교적 진리와 대척적인 자리에 선 현대인의 초상이라 규정할 수 있다. 종교적 신성을 세속의 물살에 흘려보내고 마침내 그 응답으로 황폐한 자리에 설 수밖에 없는 현대인들이 우리들 가운데 부지기수다.

　그러나 수평의 축으로 무게중심을 옮겨 관찰하자면, 에리직톤은 강압적 권위와 무차별적인 폭력에 저항 정신의 의지력으로 맞서는 자유인의 표본이라 할 수 있다. 권력과의 싸움은 그것을 가지지 못한 자에게 감당하기 어려운 고통이요, 대개의 경우 무참한 패배로 끝나기 마련이지만, 정신적 자유주의자들이 그 과정 자체에 의미를 두는 한 작위적인 의지를 말살할 수 없다. 소설 속에서 알렉산더 델브루케라는 인물이 기독교 교리에 대하여 세속적 관점을 극대화한 해석을 내놓는 대목도 이와 관련하여 생각해볼 부분이다.

물론 작가는 이 내적 용량이 큰 담화 구조를 맨 얼굴로 펼쳐놓지 않았다. 집안 사정으로 신학의 길을 포기하고 신문기자가 된 화자와 정교수의 딸 혜령, 그리고 여타의 주변 인물들을 표면적인 이야기의 조류에 흘려보내고 있으며, 이야기의 표면에서도 수직 및 수평의 축에 대한 인물들의 태도가 반영되고 있다.

이러한 이중적 또는 중층적 구조는 그의 작품들에 일관되게 나타나는 모티프가 되며, 두 축의 조합에 탁월한 역량을 보인 『가시나무 그늘』에서는 권력의 폭압적 측면을 두 차원의 이야기를 통하여 설득력 있게 풀어냈다.

작가는 성경의 우화와 신화적 상상력으로 권력의 속성과 그것이 정당하지 못할 때의 위험성에 대해 끈질긴 환기의 신호를 보낸다. 서두에서 언급한 바 있는 사사기 9장의 가시나무 이야기와 페니키아의 식인신 몰록의 신화를 원용함으로써 권력 본유의 자기방어력과 자기증식을 강력한 암시의 체계로 설명하는 것이다.

그러면서 작가의 수평적이고 현실적인 인식의 촉수가 닿아 있는 곳은 저 1980년의 남쪽 '광주'이다. 미리 던져진 관념의 그물망에 의해, 이 작품은 동시대에 '광주'를 다룬 다른 소설들이 안고 있는 획일적인 작법으로부터 아주 멀리 떨어져 있다. 이 작품을 통하여 이승우는 '광주'에 대한 부분적인 외형의 조작과 상관없이 그 본질이 이미 폭압적 권력에 의해 강요된 회피 불가한 희생양이었음을 반증하고 있다.

이러한 중층적 이야기를 실어 나르는 인물은 소극적 인물 문희규이

문학으로 만나는 기독교 사상

며, 그는 자신의 비참한 죽음을 통하여 그 비극성을 증거한다. 관찰자로서의 화자 역시 마지막 대목에서 '광주'의 와류에 휩쓸리면서 조연의 자리에서 주연의 자리로 옮겨진다.

수직의 축이 현저히 강조되어 있는 작품으로는 그 외에도 「예언자론」,「못」,「고산지대」와 장편『생의 이면』 등이 있다.

「예언자론」은 한 소설가가 자신도 모르게 자신에게 부여되는 소설가의 영역이 아닌 예언자의 능력과 마주치면서 절필하고 산사로 숨게 된다는 내용이다. 이 단선적인 작품에서 크게 짐작할 수는 없겠으나, 작가는 범상한 일상사의 배면에 언제나 비일상적인 예외성, 곧 육신의 차원이 아닌 영혼의 차원이 상존함을 염두에 두고 있다 하겠다.

「못」은 그 제목에서부터 상징성이 완연하다. 이 작품 역시 신비주의적 신앙과 못의 종교적 의미 그리고 분단 비극과 정치적 압제의 문제 등 수직의 축과 수평의 축의 모티프들이 대거 포괄되어 있다. 예수의 손과 발을 뚫은 못이 희생의 징표였던 만큼, 소설의 배경이 된 시대의 못도 아프고 무거운 형편이다.

장편『생의 이면』은 신앙의 길과 세속의 길이 어긋날 때, 그 갈림길에 선 한 작가의 내면, 그것도 어린 시절부터 격심한 고통과 고독의 과정을 지나온 그의 내면이 얼마나 처연하게 탈색되었는가를 비추어 보여준다.

작가 이승우가 이 두 갈래를 하나로 통합해 보이려는 시도는 오히려 단편 「고산지대」에서 적극적으로 시도되고 있다. 민중신학적 신앙관을 가진 최찬익, 신비주의적 신앙관을 가진 몽크 김, 그리고 관찰자인 화자의 삼분법은 이승우 작가가 익히 세워왔던 도식이다. 다만 다소 조작적으로 보이기는 하나 마지막 장면에서 몽크 김을 통해 두 상반된 지류를 한 줄기로 통합해보려는 노력은 온전한 세계관의 정립에 관한 작가 자신의 고뇌를 반영하고 있다 하겠다.

수난절에 십자가의 고난을 재현하는 몽크 김의 행위가 실행은 물론 의미 규정에서도 간단하지 않은 것처럼, 수직과 수평의 축을 통합하려는 시도가 용이할 리 없다. 종교적으로는 바로 그 통합을 위해 예수 그리스도가 십자가에서 죽었던 것이다.

그러기에 이승우의 이 어려운 길 찾기는 소설적 성과에 앞서 감투 (敢鬪) 정신에서부터 주목할 만하며, 우리 문학은 그러한 이승우를 낯설고도 소중한 작가로 끌어안고 있는 것이다.

4. 이후의 작품들에 보이는 새로운 방향 탐색

그런데 그 이승우에게 허여되었던 소설적 환경, 곧 종교적인 수직의 축과 사회사적인 수평의 축이 변동 없이 지속적인 작품 제작의 형틀로 기능할 수는 없는 일이다. 세(勢)는 시(時)에 따라 변하고 속(俗)은 세(勢)에 따라 바뀌는 법이기 때문이다.

수직의 축은 기실 세태의 변화에 따라 유동하는 환경 조건이 아니다. 종교적 신성은 세상의 현실과는 이미 그 향방과 궤도가 다르다. 그러나 그것이 소설적 구조로 치환되어 있을 때, 요컨대 소설 내부에서 수용되고 발화되는 방식에서는 반드시 그렇지만은 않다.

더욱이 이승우 소설의 경우, 수직의 축이 수평의 축과 긴밀히 연관되어 있고 이 양자의 상호조합을 주요한 소설적 덕목으로 삼고 있으므로, 사회사적인 상황 변화가 수평의 축에 직접적으로 반영되는 동시에 수직의 축을 표현하는 방식에도 충격을 가하게 된다.

우리가 익히 알고 있는 바와 마찬가지로 1990년대 중반을 넘어서면

문학으로 만나는 기독교 사상

서 시대와 세태는 놀랄 만한 속도로 달라지고 있다. 문학에만 국한하여 살펴보더라도 문자 매체가 더 이상 동시대 사람들의 엄중한 교사이기를 포기할 수밖에 없으며, 그 자리를 영상 매체의 편이한 감각과 발 빠른 기동성이 메꾸어가고 있다.

가치관과 세계관이 변화함에 따라 그것을 반영하는 창작 방법이 달라지며, 다양성과 다원주의의 미덕을 기치로 내걸고 포스트모더니즘의 조류가 이전의 리얼리즘 또는 모더니즘의 방식을 압도하고 있다.

1970년대 이래의 민중문학론과 그것이 확장 발전된 민족문학론, 그리고 1980년대를 풍미했던 운동 개념으로서의 문학이나 문예전선 운동 등은 차츰 논의의 표면에서 그 이름이 사라지고 있는 것이다.

이승우 소설에 반영되었던 수평 축의 환경 조건이 이토록 달라지는 가운데, 그의 소설이 사회사적 변화 이전 단계의 문맥을 그대로 유지하기는 힘든 일이다.

그렇다면 그가 어떻게 자신의 소설 문법을 변화시키고 있으며, 그 변화가 그의 근작들에 어떻게 나타나고 있고, 그와 같은 사실들이 의미하는 바는 무엇인가를 살펴보자.

문예지에 발표한 주목할 만한 작품 가운데 중편 「갇힌 길」(『문학사상』, 1996. 11.)과 단편 「목련공원」(『현대문학』, 1996. 12.)을 중심으로 살펴보겠다. 여기서는 「목련공원」과 「갇힌 길」의 순서로 작품의 내부를 들여다봄으로써 표면적으로는 별반 연관되어 보이지 않는 이 작품들의 내포적 발화법이 그의 수직 또는 수평의 축과 어떤 구조적 연계성을 갖고 있는지 점검해보려 한다. 아울러 그러한 연관성이 향후 이승우 소설에 대하여 어떤 전망을 예고하는지 살펴보겠다.

「목련공원」은 이승우 작품답게 꽉 짜인 구성과 섬뜩한 아름다움, 음울한 검은 빛깔 이미지의 소설이다.

가정을 가진 한 남자가 있고 찻집 '목련'의 여주인이 있다. 이들은 우발적인 만남으로 깊은 관계에 빠지며 남자의 가정에 불화가 빚어진다. 남자의 사정에 전혀 무관심한 여자는 자기의 내포적 충동을 뒤따라가며 자기 위주로 행동한다.

여자의 행동 방식을 혐오하면서도 마치 그녀의 주술에 걸린 것처럼 자신을 그녀에게 내던질 수밖에 없는 남자에게 여자와의 만남은 가히 '운명적'이다. 이때 운명적이라는 언표는 그가 세상의 여러 관계성들을 자유로이 조절할 수 없다는 한계에 당착했다는 말과도 같다.

여자는 비상식적이며 비논리적인 반응태로 남자의 일상을 압박한다. 남자에 대한 여자의 정신적 병탄(並呑)은 어쩌면 여자 자신으로서도 통어할 수 없는 차원인지도 모른다. 왜냐하면 여자는 그 삶의 유형을 자신의 기층적 기질, 곧 '본질적' 기질로부터 공여받고 있기 때문이다.

이러한 여자의 존재 양식을 탁월한 알레고리로 표현한 것이 곧 여자가 사육하고 있는 사마귀이다. 여자와 사마귀의 대비는 매우 예각적(銳角的)이어서, 앞서 언급한 섬뜩하고 음울한 느낌이 소설의 문맥 밖으로 현저히 드러난다.

그런가 하면 남자의 아내는 여자와는 또 다른 방식으로 강압적이다. 아내는 지극히 이성적이요 논리적인 반응태로 남자에게 육박해온다. 남자는 여자에게 대항력을 상실한 것과 마찬가지로 아내에게도 대항력을 상실하고 있다.

어느 순간 운명적으로 사랑에 빠지고 그로 인해 가정의 파탄을 초래하며 쉽사리 죽음의 문제에까지 근접하는 것이 우리에게 익숙한 일은 아니다. 이처럼 익숙하지 않은 존재의 극단적인 모습을 소설의 이야기 구조 속으로 수용한 것은 이승우의 저력이라고 볼 수 있겠다.

문학으로 만나는 기독교 사상

이 소설에서는 이승우가 흔하게 사용하던 수직 또는 수평의 축 구도가 내면화되어 있다. 신성과 인본주의의 양자를 가름함으로써 두 축의 의미 구분을 시도하려는 경직성에서 벗어난다면, 그 내면화가 어떤 것인가에 대한 대답을 마련하는 일이 그리 어렵지는 않다.

이 소설에서 수직적 의미 구조는 남자에게 부하되는 불가항력적인 삶의 조건이요, 수평적 의미 구조는 그로 인하여 남자가 삶의 현장에서 부딪혀야 하는 외형적 사건들이라 할 수 있겠다. 후자는 전자로부터 영향을 받지만, 만약 남자가 후자의 중요성을 이성적으로 인식한다면, 또 그래야만 전자의 무분별함을 경고할 수 있는 것이다.

비록 그 겹친 꼴 구조의 방향성은 달라졌다 할지라도, 이야기를 통하여 이 두 축의 교직을 추수하는 이승우의 창작 방법은 여전히 그동안의 관행을 내포적 실체로 끌어안고 있는 셈이다.

「갇힌 길」은 이 중의적 구조를 보다 선명하게 드러낸다. 그 드러냄의 정도 차이는 사실 그렇게 중요하지 않다. 한 작품 한 작품에 제각기 몫이 있는 법이어서, 지금 우리가 점검하는 방식과 같이 미리 설정된 도그마를 덮어씌우는 일이 그다지 의미가 없을 수도 있다. 그러나 이러한 구조적 얼개와 그 의미망에 대한 해명이 없이는 한 작가를 종합적인 시각으로 평가할 수가 없다. 그런 점에서 수직과 수평의 축은 이승우 소설의 체계적 설명에 따르는 하나의 필요악인지도 모른다.

1인칭 화자인 '나'는 여자로부터 배신을 당하고 도시를 떠나기로 결정한다. 화자가 찾아가기로 한 곳은 친구인 P와 그의 집이 있는 곳, 친구가 초청한 곳이다.

그곳의 지명은 '천산'으로 범상한 환경이 아니다. 천산이라는 지명도 그러하거니와, 거기에 친구가 지었다는 집과 함께 천산에 대해 묘사한 대목은 이미 그곳이 일상적인 공간이나 집이 아님을 증명한다.

P의 집은 '구름과 바람이 태어나는 곳, 구름과 바람과 풀과 나무와 공기가 어울려 천상의 음악을 빚어내는 곳'에 자리잡고 있다. 이 집은 관념적인 자리에 위치해 있으며 상식적인 삶의 환경을 벗어나 있다.

문제는 거기서 그치지 않는다. 화자는 천신만고 끝에 P가 사는 마을 천산을 찾아 그 초입으로 들어서려 할 때, 마을 사람들의 거센 반대와 축출에 직면하게 된다. 사람들은 그를 '공사'의 염탐꾼으로 생각하는 것인데, 여기서는 과연 공사가 무엇을 하는 기관이며 무엇을 하려는 계획을 갖고 있는지 전혀 설명되어 있지 않다. 화자의 태도는 지극히 단순하고 단선적이지만, 사람들의 태도는 오리무중으로 복잡하다. 이를 단적으로 보여주는 것이 마을 입구 여관집 사내의 반응에서 드러나는 방식이기도 하다.

전체적으로 이 소설의 이야기 구조나 지향점은 요령부득이다. 현실과 비현실이 과도하게 중첩되거나 때로는 긴장감 없이 교체되고 있으며, 이러한 서술적 상황이 소설 말미에서 화자가 죽음에 이를 때까지 계속된다.

그러나 이 소설은 한 인간이 삶의 한계에 부딪혔을 때 새로이 열어 보이려는 현실 일탈의 의지를 줄기차게 전개하고 있는데, 그것이 의의를 가질 수 있는 이유는 나타내 보임의 의지가 아니라 그 방식이라 하겠다. 그리고 그 방식의 바탕은 역시 우리가 이승우의 소설에서 익히 보아왔던 구도 아래에 있다.

화자가 살던 공간이나 화자의 태도는 일상적이요 수평적이다. 하지만 P가 살던 마을의 공간 환경이나 마을 사람들의 태도는 비일상적이요 수직적이다. 이처럼 성향이 다른 두 갈래의 이야기 흐름을 교차시킴으로써 이 소설은 한 인간의 정신적 일탈 과정에 수반되는 아픔과 어려움, 절망과 허무 그리고 온당한 균형 감각의 상실을 적시한다.

이상의 두 소설에서 살펴보았듯이 이승우의 작품들은, 그가 익숙하게 사용하던 성과 속의 두 발화 기점을, 그 두 축을 내면화하고 내포적으로 운용하고 있다. 그것은 사회사적 세태의 변화에 따라 작가의 관심이 변화한 결과이기도 하고, 또 작가로서는 새로운 방향성을 모색한 것이기도 하다. 다만 이를 통해 한 작가가 가꾸어온 세계관이나 인식 유형이 쉽사리 변모하기 어렵다는 점을 넉넉히 짐작할 수 있다.

아마도 이승우는 이런 유형의 소설을 더 써나갈 것이며, 만약 그 서술 방식이 유다른 방향으로 변모할 때에는 그가 새로운 세계 인식의 들머리에 서 있다고 받아들여도 크게 틀리지 않을 것이다.

5. 마무리

적지 않은 우리 작가들이 시나 단편소설에서 출발하여 장편소설 작가로 넘어간 이력을 갖고 있다. 이승우 역시 중·단편에서 장편으로 나아가기도 하고 도로 돌아와 단편에 머무르기도 하였다. 그런데 그의 장편들은 단편의 조직적인 짜임새와 매운 맛에 비해 어느 정도는 헐겁고 싱거운 감이 있다.

분량으로 장편을 따지는 순진한 독자가 아니라면, 장편이 삶의 여러 굴곡을 총체적으로 추구하면서 그에 걸맞은 서사 구조와 서사적 형상력을 확보해야 함을 알 수 있다. 그리고 장편이라면 어느 정도는 독자들에게 읽을거리를 공급하는 활성적 측면도 고려되어야 할 것이다.

그러나 그렇다고 해서 이승우가 장편소설을 쓰기에 적합한 작가가 아니라는 뜻은 아니다. 그의 중·단편이 쌓아 올린 빛나는 성과에 견주어볼 때, 장편으로서의 특징적인 함량에 아쉬움이 있다는 의견일 뿐이다.

그런 점에서 「목련공원」이나 「갇힌 길」 같은 그의 작품들은 시대적 환경의 변화와 더불어 작가의 내부에서 새로운 세계관과 창작 방법의 모색을 시도한 시금석에 해당한다고 말할 수 있겠다. 물론 그의 새로운 시도가 이미 확립해놓은 수직 그리고 수평의 축을 얼마만큼 효율적인 원군으로 활용하면서 설득력 있는 소설 공간을 마련해나가는가는 그다음 과제이다.

"그러나 보아야 할 해안은 다른 데에도 있다. 찾아볼 조개도 더 많이 있을 것이다. 이것은 앞으로 내가 할 일의 시초에 지나지 않는다"라고 앤 모로 린드버그가 읊조렸듯이, 창창한 문필력과 종교적 사상성의 저변을 갖춘 이승우가 밟아볼 지평은 참으로 넓을 것이다.

문학으로 만나는 기독교 사상

삶과 글과 믿음의 합주

채영선의 수필집 『영혼의 닻』

채영선은 미국 중서부 아이오와에서 글을 쓴다. 한국에서 익힌 모국어와 문학에의 열정을 안고 8만 리 태평양의 푸른 물결을 건너간 이민자다. 아이오와주에서 부군을 도와 영혼 구원의 목회를 감당하며 쓴 글이니, 그 바탕에 절대자를 향한 신앙의 결정들이 응축되어 있을 수밖에 없다. 그런 연유로 그의 산문들은 맑고 싱그럽고, 또 가슴을 울리는 감동이 있다. 사람의 일생이 유한하고 우리가 붙들고 있는 일상이 한정적인 까닭에, 그와 같이 따로 매설된 정신과 영혼의 영역을 가진 이의 세상은 남다를 것이 분명하다.

채영선의 수필집 『영혼의 닻』은 모두 6부로 구성되어 있다. 이 책을 통독하고 되돌아보니, 그의 작품 세계는 삶과 글과 신앙이 동선(動線) 위에 병렬되어 있고, 그 세계를 부양하는 힘은 절대자를 향한 순적한 방향성에 있었다. 그런데 그 방향이 단순히 심중에 충일한 신앙고백에 국한되었다면 그의 문학은 별반 의미가 없을 것이다. 오랜 세월 글쓰기의 경험을 쌓아온 작가는 이 창작의 문법을 잘 알아차리고 있는 듯하다. 다양하고 세미한 삶의 경험, 이를 솜씨 있게 가다듬고 표현의 묘미를 더하여 작품으로 변환하는 글쓰기, 드러나 보이지 않는 내면에 명료하게 저장하고 있는 믿음, 이 세 요소가 조화롭게 손을 맞잡고 있는 형국이다.

1부는 그가 오랜 터전으로 삼아온 아이오와의 풍광과, 그곳에서 만나고 대화하고 동행하는 하나님의 이야기로 시작된다. 작가의 심경을 드러낸 문면 가운데 이 지역의 환경 조건에 대한 불평은 전혀 보이지 않는다. 어쩌면 제2의 고향이라고 할 그 땅의 이름을 부드럽고 고운 말로 인식하고, 원래 주인이던 인디언의 말로 '아름다운 땅'이란 뜻이라고 해명하는 작가는 자연적이든 작위적이든 이곳에 대한 호의를 익혔다. 언젠가 미국 서부 캘리포니아로 강연을 갔을 때, 거기 계신 작가한 분이 그 사막 지역의 경물을 사랑하고 친숙해지기 위해 노력하지 않으면 살기 어렵다 했던 말이 생각난다.

이 작가는 그러한 자기 강박의 수고를 하지 않아도 충분할 것 같다. 아이오와의 자연이 당초에 사막을 안고 있는 캘리포니아와 다르기도 하겠지만, 더 중요한 점은 이 책의 전반을 관류하는, 다음과 같은 작가의 생각에서 말미암는다. 오랜 옛날 신앙의 자유가 허락되지 않던 시절에 믿음의 선배들이 마음속에 묻어두고 잘 표출하지 못하던 '숨겨진 보화' 같은 것이다.

> 살아 있기에 감사하고, 찬양하고 있기에 감사하고, 또 이렇게 감사의 말을 나눌 수 있기에 감사한 것 아닐까요. 사도 바울은 전하지 않으면 자신에게 화가 있을 것이라 말했습니다. 이제 남은 삶의 소중한 시간을 내게 주신 은혜를 나누는 것이야말로 아

버지 하나님께 영광을 돌리는 길이며 가장 귀한 일이 아닌가 싶
습니다.

_「아름다운 땅 아이오와에서」에서

이민 생활과 정착, 목회와 글쓰기, 그리고 머리 수술을 받아야 했던
절체절명의 순간들을 모두 포괄하여, 만만치 않은 인생행로를 걸어온
작가다. 그리고 이제 원숙한 세계관의 노경을 바라보는 연륜에 사유
의 깊이가 없을 수 없다. 그런데 그 유의미한 시기에 작가가 끌어안고
있는 것이 문학과 신앙이며, 그 결과로 이와 같은 수필집을 상재할 수
있다면 그는 복받은 자다. 그러기에 집 주변에 출몰하는 토끼나, 오래
전에 천국으로 보낸 강아지 잭크나, 특별한 생김새의 새 카디널이나,
새로운 세대를 이어갈 손자까지, 모두 '함께' 영원한 세계를 향해 걸
어가는 길벗이 되는 터이다.

2부는 그처럼 삶과 신앙의 화해로운 악수가 어떻게 구체적으로 형
용되었는가를 발화하는 글들로 채워져 있다. 교회의 개척, 미국의 영
어권 문화 가운데서 이중 언어로 살기와 같은 큰 범주의 일들이 있는
가 하면, 뒷마당의 나무와 꽃과 풀 그리고 눈에 보이지 않으나 언제나
그곳에 있는 소망과 같이 내밀한 자리의 일들도 있다.

눈을 감으면 보이지 않겠지 해도 내일을 향한 길과 그 길 끝에 자
리 잡고 있는 지워지지 않는 소망이 있습니다. 소망의 이름으로
이른 아침 커튼을 열고 소망의 이름으로 창가에 따뜻한 황금빛
등불을 켭니다. 그 등불이 햇빛을 대신할 수 없는 작은 빛이라 할
지라도 노을이 잠드는 저녁마다 소망의 등불을 켜겠습니다.

_「재가 된다 할지라도」에서

채영선 수필을 관통하는 주요한 키워드는 이 인용문에 등장하는 '소망'이 아닐까 한다. 소망은 희망과 다르다. 성경에서는 굳이 소망이라는 말을 쓴다. 바라는 바, 곧 목표가 분명한 희망이 소망이기 때문이다. 현실적인 삶의 울타리를 넘어 언젠가 돌아갈 저 높고 먼 곳을 향하는 마음이 이 작가의 소망이다. 바로 그 소망이 있기에 그의 글에 펼쳐지는 현실은, 비록 고달프고 신산하다 할지라도 하나의 경과 과정으로 존재할 뿐 불가역적 장벽이 아니다. 기실 이것은 신앙적 삶의 모범 답안인지도 모른다. 겉으로 답답하고 융통성이 부족하게 느껴지더라도, 결과에 대해서는 이 우등생의 답안을 믿고 나가는 자를 당할 길이 없는 것이다.

그러기에 이 작가에게는 모든 것이 하나님의 계획 속에 있고 모든 상황의 귀결은 감사이며, 이 내포적 충일과 대결하여 극심한 질병 가운데 '신은 죽었다'는 극단적 논리조차도 위력을 발휘하지 못한다. 그런데 참으로 재미있게도, 작가는 저 고색창연한 니체의 철학적 발언을 매우 간단한 몇 마디의 수사로 제압했다. 신이 죽었다는 것은, 말씀이 육신의 몸을 입고 와 이 땅에서 죽음으로써 부활과 구원을 예비한 그 죽음으로 치환되어야 한다는 것이다. 거기에 덧붙여 '죽으실 수 있는 하나님이시기에 사실 수도 있는 것'이라고 언표했다.

3부의 첫 글에서 작가는 아주 의미심장한 개념 하나를 던졌다. '사람은 무엇으로 사는가'라는 화두다. 일찍이 이를 제목으로 러시아의 문호 톨스토이가 단편소설을 썼으며, 모든 문학가와 사상가가 끊임없이 탐색하고 또 답변한 질문이다. 그렇게 3부에 수록된 글들은 지상에 발 딛고 살아가는 사람들의 다양 다기한 면모에 중점을 두었다. 그런데 그 여러 사례들의 종착점은 역시 신앙 원론이다. 바로 그것이 이 수필집 전체를 신앙 에세이라 호명할 수 있는 이유다.

자기가 죽으면 두 손을 관 밖으로 내놓게 하라고 한 알렉산더 대왕처럼 서른셋의 혈기 왕성한 나이에, 제자들을 키우시고 허물이 많은 그들에게 사명을 맡기시고 '다 이루었다'는 말씀을 남기셨습니다. 3년 동안 생활을 함께하며 보고 배운 제자들로 인하여 로마는 기독교 국가로 정복이 되었습니다. 그리고 이제까지 말도 많은 현재 교회의 모습으로 사도행전은 계속 이어지고 있는 것입니다.

_「가장 큰 선물」에서

알렉산더 대왕의 두 손, 곧 죽음 앞의 빈손은 인간의 유한함을 상징한다. 인간들의 교회는 '말도 많은 현재'로 이어져왔다. 이 세상의 모습과 인간의 근본에 대한 성찰 없이 참다운 신앙을 얻기는 어려울 것이다. 순례자의 여정처럼 그렇게 멀고도 곤고한 길 찾기가 이 작가의 글이라면, 순례 길 위의 작가는 심정적으로 많이 행복한 사람이다. 교통사고 현장을 증언해준 고마운 백인, 시간의 순환을 따라 찾아오는 성탄의 계절, 심지어 사람과 사람을 갈라놓는 문명의 이기까지, 그 행복한 신앙의 눈으로 보면 감당하지 못할 바가 없다. 4부로 이어지는 글들에서도 작가는 삶의 다채로운 환경과 신앙에 대해, 그 바탕의 견고함에 대해 말한다. 그중에는 성경의 한 페이지를 장식하는 새, 까마귀도 있다.

어느 곳에서는 불길한 새인데 미국의 까마귀는 길조라고 여겨지고 있습니다. 왜 그렇게 극심한 생각의 대조를 보여줄까요. 서부극을 좋아하는 저는 생각을 해봅니다. 개척자 시대의 미국 땅에서는 사람의 모습이 귀했을 것입니다. 말 타고 길을 떠나면 살아 돌아온다는 보장이 없었던 곳이 바로 미국 땅이었지요. 집을 나간 가족에게서 소식이 없을 때 막막한 넓은 황야에서 사람이 있는 곳을 가르쳐주는 것은 오직 까마귀 아니었을까요. 더구나 강도를 만나 몸이 상한 경우가 많은 그 시대에 애절한 가족의 마음을 달래주는 귀한 새였으리라 생각해봅니다. 골목에서 이리저리 비켜서면서도 물러나지 않고 텃세를 하며 동네를 지키는 길조가 있음도 감사할 뿐입니다.

─「왜 길조인가」에서

한국의 까마귀는 흉조로 알려져 있지만 다른 나라에서는 대개 길조로 통한다. 문화적 전통에서도 그러하거니와, 실제로 생태계의 먹이사슬에서도 그렇다고 한다. 그런데 여기서 눈여겨 살펴보고자 하는 것은, 까마귀야말로 도망 중에 생명이 경각에 달린 선지자 엘리야에게 '숯불에 구운 떡과 한 병 물'을 공급한 하나님의 전령사다. 은유적 대비의 구도에서 미네르바의 부엉이가 인본주의를 대변한다면, 엘리야의 까마귀는 신본주의를 대변한다. 광막한 이민자들의 나라에서 이 성경적 의미의 새는, 신본주의를 푯대로 살아가려는 작가에게 소중한 '객관적 상관물'이 될 수 있을 것이다.

5부에 이르면 작가의 언술들이 다시 하나님을 향해 웅숭깊은 고백과 토로의 외형을 나타낸다. 필자의 경험에 의한 것이지만, 하나님을 모르는 영혼에게 하나님을 설명하기에 가장 어려운 대목이 있다. 네가 믿고 있는 하나님을 내가 감각할 수 있도록 보여달라고 요구할 때이다. 히브리서 11장, '믿음장'의 문면으로 설득하기도 어렵다. 논리의 신앙과 체험의 신앙이 노정하고 있는 간극이 너무 넓고 크기 때문이다. 다만 정말 소중하고 귀한 것은 눈에 보이지 않는다고 말할 수는

　문학으로 만나는 기독교 사상

있을 것이다.

> 눈에 보이는 것은 하나님의 나라에 속한 것이 아닙니다.
> 오직 성도가 바라보아야 하는 것은 우리의 주 예수 그리스도입
> 니다. 자기의 십자가를 지고 가는 사람만 하나님 나라에 합당한
> 사람이라고 말씀하셨습니다. 십자가는 '포기와 순종'의 삶의 모
> 습입니다. 예수님께서 죽기까지 복종하신 것처럼 자기에게 주
> 어진 사명을 감당하고 나아가는 사람만이 하나님 나라에 합당
> 한 사람인 것입니다.
>
> _ 「작아서 좋아요」에서

하나님 중심으로 산다는 것, 하나님 중심으로 글을 쓴다는 것이 이 작가에게 어떤 상황인가를 있는 그대로 표현한 부분이다. 이는 어쩌면 다른 사람이 알 수 없는, 다른 사람이 볼 수 없는 세계를 만난 사람의 기록일지도 모른다. 실존주의 철학자는 신 앞에 일대일의 단독자로 서지만, 하나님 앞에 순복한 신앙인은 그 대립적 지위 자체에 중점을 두지 않는다. 그런 점에서 이 작가 또한 자신의 실존을 염두에 둔 주체적 글쓰기보다, 영혼의 소유주에게 귀환한 '포기와 순종'의 미덕을 더 높이 사고 있는 셈이다. 마지막 6부로 가면 그와 같은 정신적 승급의 단계가 일상의 여러 영역에 편만하여, 보편적인 삶의 형식 가운데서 발현되는 신앙인의 모습에 도달한다.

> 대학생 시절 기독학생회에서 주관한 '종교가 아닌 사실'이라는
> 주제의 세미나에서 큰 은혜를 받은 사실이 있습니다. 당시 서울
> 대학교 기독학생회 임원의 대부분은 목회자 또는 선교사가 되

었습니다. 여학생들도 대부분 목회자나 목회자의 아내가 되었습니다. 부활하신 예수를 만난 사람들은 누구나 잠잠할 수 없게 됩니다. 상상할 수 없는 사실이 사실로서 자신에게만 다가온 특별한 은혜를 다른 사람에게 전하지 않을 수 없기 때문입니다.

_ 「종교가 아닌 사실」에서

참 오래전의 이야기이지만, 그것은 이 작가의 태생적 근원, 발생론적 구조를 집약적으로 보여주는 지점이다. 비단 특별한 은혜를 다른 사람과 나누는 것만이 아니라, 삼라만상을 그처럼 특정한 눈으로 바라보는 전인격적인 세계관의 형성이 거기에 결부되어 있다. 어린아이와 같이 순진한 마음, 긴 겨울을 지낸 뜰의 식물들이 짓는 표정, 피아노 위에 작은 정원을 이룬 화분들, 작가 마크 트웨인의 예화, 미국 역대 대통령들에 대한 생각 등, 이 모든 것이 하나님을 지향하고 있다. 그러므로 세상에 이 작가만큼 복받은 문필가도 드물 것이다. 삶과 글과 신앙이 하나로 연합한 작은 축제의 자리에 이 수필집이 놓여 있다. 앞으로 그의 생애가 글과 믿음과 더불어 더욱 귀하고 아름답게 빛나기를 바란다.

2부

시적 서정성과
기독교 정신

사후 40년에 다시 읽는 김현승[1)]
그 기림과 확산의 심화를 위하여

1. 문화 산업 또는 대중적 수용성과 문학

'문화'라는 용어의 포괄적인 의미는 "인류가 모든 시대를 통하여, 학습에 의해서 이루어놓은 정신적 물질적인 일체의 성과"로 되어 있다. 여기에 "의식주를 비롯하여 기술, 학문, 예술, 도덕, 종교 등 물심양면에 걸치는 생활 형성의 양식과 내용을 포함"하는 것으로 설명된다.

　문화는 공동체적 삶의 원형을 이루는 것이며, 그것이 시간적·공간적 환경과 함께 지속되면서 일정한 유형을 형성한다. 국가 또는 민족

---

1) 이 글은 필자의 저서 『문학과 전환기의 시대정신』(민음사, 1997)에 수록된 「기독교 사상의 문학적 변용」을 수정·보완한 것이다.

공동체 내부에서 발생하는 현실적인 문제들은 문화적 측면의 매듭이 풀리면 쉽사리 풀리는 경우가 허다하다. 문화는 한 사회의 지식 또는 예술 작업의 총체이며, 나아가 한 민족의 전체적 생활 관습과 민족정신의 일반적 성격을 포괄하는 개념이기 때문이다. 그러한 만큼 문화는 한 국가에서 또는 국가와 국가 간의 관계에서 각계각층을 통합하는 중요한 역할을 할 수 있다.

예컨대 남북 간의 관계에서도 우리는 장·단기 계획으로 민족 통합을 앞당기고 그 미래를 면밀히 준비해야 한다. 정치나 군사의 통합, 국토의 통합이 진정한 민족 통합이 아니며, 그것이 결코 문화 통합보다 우선될 수 없다. 문화 통합의 충실한 성취만이 민족 통합의 필요충분조건이 될 수 있는 것이다.

그리하여 단기 계획은 민족 통합의 여건을 조성하는 것으로, 장기 계획은 미래의 완전한 민족 통합을 준비하는 것으로 추진하면서, 그 의식의 중심에 문화 통합의 개념을 새겨야 한다. 이는 비록 눈앞의 화급한 과제로 보이지 않는다 할지라도, 남북 간의 여러 부문에서 관계 변화의 양상이 확대되는 지금, 우선적으로 계획되고 실행되어야 할 대상이요 영역이다.

오늘날 세상이 빠른 속도로 변화하면서 문화의 형성과 그 특성이 여러모로 달라지고 있다. 과거에는 변화하는 삶의 여러 모습이 오래도록 축적되어 문화를 이루었으나, 지금은 변화의 형식과 내용 자체가 고스란히 동시대의 문화를 형성하는 상황에 이르렀다. '스피드의 시대'란 말은 이미 운동 경기나 과학 기술에만 적용되는 개념이 아니며, 우리 삶의 다양한 부면들이 정보화, 특히 전자정보화되면서 '정보화 시대'란 용어와 곧바로 직결되었다.

문학 역시 마찬가지다. 그 빠른 변화의 속도는 문학사의 시대 구분이나 문학의 장르 개념 및 서술 방식 등이 그 영역 안에서 유지하고 있던 경계의 개념을 무너뜨리는 데 강력한 촉매제가 되었다. 이 경계의 와해는 일찍이 문화인류학자 레비스트로스가 '꿀과 담배'의 양분법으로 자연과 문명의 양자를 구분하여 설명하던 방식[2]이 이제 더 이상 유효하지 않다는 사실을 뜻한다. 그 양자가 함께 얼크러지고 상호 간의 접촉과 환류를 통해 새롭게 형성되는 회색 지대, 회색 공간이 오히려 가치와 생산성을 인정받는 시대가 되었다.

문학 내부의 장르 유형이나 경계의 구분이 와해 또는 무화되는 사태를 달리 설명하면 장르와 경계가 새로운 통합의 길을 열어나간다는 변증을 생성한다.[3] 우리는 근자에 문학 논의 현장에서 '통합 문화'나 '퓨전 문화' 등속의 어휘들이 등장하는 것을 쉽사리 목도할 수 있다.

이와 같은 문화의 개념과 성격 변화는 문학작품의 생산자로서 작가와 그 수용자로서 독자의 지위 및 관계 변화를 유발하는 지점에까지 이르렀으며, 작품의 창작이 지향하는 지고한 가치, 작가의 이른바 독자에 대한 '교사'의 지위를 위협하는 수준을 나타내고 있다. 이를테면 우리의 근대문학에서 춘원 이광수가 스스로를 '문사(文士)'라 지칭하며 작가가 시대의 선각임을 자처하던 그와 같은 영화는 더 이상 찾아보기 어렵다.[4]

---

2) 레비스트로스는 생식 문화를 대표하는 '꿀'과 화식 문화를 대표하는 '담배'의 양분법으로 자연과 문명의 성격을 구분했다.

3) 김종회, 「문화통합의 시대에 우리 문학의 새로운 길 찾기」, 『문화통합의 시대와 문학』, 문학수첩, 2004, p.6.

4) 이광수는 문학자는 작가와 비평가 두 부류를 말하며, 천재를 요한다고 주장했다. 이광수, 「문학이란 하오」, 『매일신보』, 1916. 11. 10.-11. 23.

뿐만 아니라 작품이 예술성이나 문학성을 추구하기보다 대중성이나 오락성에 더 중점을 두는 경우, 이에 대한 비판과 질타의 강도도 한결 달라졌다. 과거에는 이를 대중문학 또는 상업주의문학이라 하여 비판적 시각으로 검증하는 것이 상례였으나, 근래에 와서는 여기에 '문화 산업'이란 명칭을 부여하고 그것이 가진 순기능에 주목하여 장점을 발양하려 하는 사례가 흔하다.

문화 산업이 하나의 시대적 조류로 등장하는 배면에는 출판 시장의 변화와 문학 자본의 대형화 같은 직접적 요인이 작용하고 있다. 그리고 중요한 간접적 요인 가운데 하나는 문학 유산이나 문학인의 향토적 연고가 지방자치체의 문화 의식이나 공동체적 유대를 계발하는 사업 및 그 실천과 연계되어 있다는 점이다. 이 글에서는 김현승 문학의 기독교적 특성, 전개와 변모 양상 및 그 의미를 검토한 후, 그의 작품이 문화 산업적 측면에서 어떤 가능성을 가지고 있으며 그것이 앞으로 추모 사업의 실질적 전개에 어떤 방향성을 담보할 수 있을 것인가도 함께 살펴보려 한다.

이와 더불어 이 글에서는 김현승 시의 기저에 자리하고 있는 기독교 의식의 본질과 그것이 시의 형상으로 치환되는 상관관계의 문맥을 살펴보려 한다. 그의 시가 그려낸 삶의 일상적 면모는 그가 근본적으로 안고 있던 신앙의 초월적 면모로부터 끊임없이 간섭받고 또 일정한 사상성의 자양을 섭생했다. 물론 김현승의 기독교적 기반으로부터 창작의 실제에 공여된 사상성의 힘으로 얼마나 확장된 문화적 성과를 수확했는가는 다시 검토해야 할 문제이다.

문학으로 만나는 기독교 사상

2. 김현승의 전기적 사실과 시의 성격

천주교 230여 년, 개신교 130여 년의 역사를 가진 한국 기독교는 개화기 이후 구조화된 윤리와 인습의 더께를 벗으려는 계몽주의의 수단으로, 일제하의 피압박 민족으로서 저항 및 자립 운동의 정신적 버팀목으로 효율적인 수용의 경과를 보였다. 김현승이 숭실전문학교 문과에 입학하고 처음으로 시를 쓰기 시작하던 1930년대 초반에도 이러한 상황은 유효하였고, 1945년 해방 이후에는 점차 시대적 상황의 절박성보다 개인의 자기성찰이나 자기구원의 길로 전이되어간다.

김현승의 제1시집 『김현승 시초』가 상재된 1957년 이래 그의 창작 활동이 시대상이 강요하는 사회의식의 강박감으로부터 비교적 자유로울 수 있었고, 또 종교적 교리로부터 문학의 독자성을 확보해줄 객관적 거리를 유지하고자 한 노력이 보이는 것은, 그에게서 기독교 문학의 발아와 성숙의 가능성을 짐작게 하는 단서가 된다. 다만 그의 시가 이룩한 전체적인 노적가리의 태깔이 기독교적 체험의 풍성함을 사상성의 깊이 있는 바닥으로 이끌기보다 신과의 긴장된 관계를 위주로 하여 시인의 고통을 체현하는 방향으로 단선화되었다는 데서 적지 않은 아쉬움을 남긴다.

지금까지 우리는 기독교 사상의 문학화에 따르는 온당한 층위의 소재와 김현승의 시적 출발점이 갖는 위치를 상정해보았거니와, 이제 그의 전기적 사실을 통한 기독교 의식의 형성, 삶과 신앙의 두 축을 노정한 정신적 갈래의 대비, 분명한 굴절의 곡선을 그린 시적 유형의 시기 구분, 각 시기의 대표작을 통한 구체적 내면 탐색 그리고 문학사적 가치와 한계의 노출 등 여러 요목을 순차적으로 구명하고자 한다.

김현승의 부친 김창국은 전북 출신이다. 평양에서 신학 공부를 했고 제주 성내교회에서 목회 활동을 했으며 광주에 양림교회를 세워 거기서 평생을 보냈다. 이와 같은 가정환경 아래에서 모태 신앙으로 유아세례를 받으며 신앙인으로 자란 김현승은 기독교 계열의 광주 숭일학교 초등과와 평양 숭실중학교에서 수학하면서 기독교를 정신적 배경으로 삼은 성장기를 거치게 된다. 뿐만 아니라 형과 동생도 목회 활동을 했고 장로의 딸 장은순을 아내로 맞아 살았으므로 기독교와 성서는 그의 삶에 가장 큰 영향을 미친 교범일 수밖에 없었다. 그는 1968년에 쓴 「시였던 예수의 언행」이란 글에서 다음과 같이 적고 있다.

> 신구약 성경이 신앙을 떠나서도 문학적으로 얼마나 훌륭하다
> 는 것은 주지의 사실이지만, 그리고 구약의 시편들과 아가나 애
> 가와 같은 것들이 훌륭하지만, 나는 그보다 신약을 더 좋아하고
> 그중에서도 특히 사복음을 좋아한다. 예수의 말은 모두가 구체
> 적이며 시적이다……. 나는 이 예수의 언행을 어려서부터 읽었
> 다. 그러므로 이 훌륭한 시가 내 일생에 영향을 미치지 않았다
> 고 내가 어떻게 장담할 수 있을 것인가.

여기서 우리가 유의할 대목은 김현승이 성서를 문학적 형상력의 차원에서 바라보는 시각이다. 이 시각을 염두에 두면서 그의 문필을 거슬러 올라가보면, 그가 1964년에 쓴 「인간다운 기본 정신」이란 글에서 인간의 정신세계를 두 가지로 구분하고 있음을 알 수 있다.

> 나는 인간의 정신을 기본적인 일반 정신과 구체적인 특수 정
> 신 두 가지로 나누고 나의 시에서는 기본적인 정신을 매우 가
> 치 있는 것으로 믿고 그 바탕 위에서 구체적인 시 정신을 건설

하여 나가고 있다. 기본적인 정신이란 인간의 인간다운 본질을 이루는 기초적인 가치를 의미한다……. 작품에 어떤 사상의 갈래, 즉 구체적인 특수 정신이 작용하지 않는 것은 아니다. 더욱이 앞으로 나의 시는 아무래도 기독교의 신을 상대로 형이상학적인 세계로 나가기 쉬울 것같이 나 자신이 느낀다. 그것은 기독교의 바탕에서 낳았고 자라난 나의 연령과 시의 연조가 불혹을 넘어선 지금 필연적으로 그러한 단계로 나의 시를 발전시키지 않을 수 없기 때문이다.

이 자서전적 진술은 인간을 인간답게 하는 기초적인 가치로서 그를 시인이게 한 기본 정신을 보여주는 한편, 거기에 기독교적 세계관을 부여하여 그의 시를 특징적인 색채로 치장한 특수 정신의 혼재 및 변별성을 시인 자신이 확고하게 인식하고 있었음을 보여준다. 그것은 또한 문학적 효용과 종교적 효용의 대립 구조를 촉발하면서, 시의 창작이 진행되는 동안 때에 따라 이 두 요소 중 하나가 상대적으로 강세를 나타내기도 하고 약화되기도 하여 시적 유형의 시기 구분을 가능하게 하는 준거가 된다.

김현승이 1934년 양주동의 소개로 『동아일보』 문화란에 「쓸쓸한 겨울 저녁이 올 때 당신들은」과 「어린 새벽은 우리를 찾아온다 합니다」라는 두 편의 시를 발표하면서 등단한 이래 1975년 유명을 달리하기까지 40여 년에 이르는 작품 활동을 하는 동안 그의 시가 어떻게 변모했는가에 대해 분석한 여러 논의가 있으나, 그 내용에 관한 의견들 사이에 큰 편차가 있지는 않다.

여기서는 이를 해방 이전까지의 초기 시, 해방 이후부터 『김현승 시초』와 『옹호자의 노래』가 발간된 1963년까지의 중기 시, 1963년부터

『견고한 고독』과『절대고독』이 발간된 1970년까지의 후기 시, 그 이
후의 작품으로 사후에 편찬된『마지막 지상에서』를 중심으로 한 말기
시 등 모두 4단계로 구분하기로 한다.

이 글의 목표가 구체적이고 세밀한 시의 분석보다는 전반적인 시
정신의 흐름을 뒤쫓아 그 속에서 기독교 사상의 성향을 검출하는 것
인 만큼, 각 시기별 작품의 탐색에는 대표적인 표본의 선정을 통해 다
가가게 될 것이다.

3. 김현승 시 세계의 전개와 변모 양상

3-1. 초기 시

초기 시는 1974년에 간행된『김현승 시 전집』에『새벽교실』이란 시집
제목으로 포함되어 있다. 김현승은 위장병의 악화로 인한 휴양을 마
치고 1934년에 평양의 숭실중학교에 복교하여 겨울방학에 하향을 단
념하고 기숙사에 홀로 남아 시작(詩作)에 전념한다. 그로부터 해방을
맞기까지의 기간 동안에 쓴 시들이『새벽교실』에 실려 있다. 일제하의
시대사적 불행과 민족주의적 로맨티시즘을 자연 경물에의 감정이입
으로 나타내는 이 시는 현실에 안주하려는 젊은이들을 비판하는 내용
을 담고 있으며, 기법상으로는 당대에 선풍적이었던 모더니즘의 경향
을 보이기도 한다.

초기 시들을 두루 통독해볼 때, 가장 먼저 눈에 들어오는 것은 시
어 및 시적 이미지의 동어반복 현상이며, 그것은 새벽, 아침, 황혼, 저
녁, 밤 같은 시간의 경과를 의미하는 용어들로 구성되어 있다. 처음으

로 시를 쓰는 시인 스스로의 입지와 어두운 시대적 상황에 대한 비판적 인식으로 인해 이처럼 시간상의 용어 개념을 동원한 출구의 모색을 시도했을 것으로 보인다.

또 하나 빈번하게 나타나는 시적 표현으로 '까마귀'라는 어느 정도 유별스러운 시어가 있다. 시인에 의해 '광야의 시인', '감상 시인'으로 명명되는 까마귀는, 헬레니즘 전통의 그리스신화에 등장하는 '미네르바의 부엉이'처럼 현실의 그림자를 정신적 영역으로 끌어내는 매개체인 동시에 성서적으로도 선지자 엘리야의 사역과 관련하여 중요한 의미를 지니는 대상이다. 그러나 초기 시의 시편들에서 그러한 성서적 개념이 직접적인 모습을 드러내지는 않으며, 밤에서 여명으로 시간이 흐를 때 성읍을 지나가면서 황혼의 비가를 부르거나 황혼의 시재를 읊는 등 애잔하고 처연한 분위기를 조성하는 역할을 맡는 정도에 그친다.

시인이 스스로의 정신세계를 기본 정신과 특수 정신으로 양분한 것은 1960년대 중반의 일이지만, 이 무렵의 시에서 특수 정신으로서의 기독교 의식이 시의 표면에 부각되는 흔적은 매우 미미하다. 대신에 잃어버린 조국에의 상실감과 식민지 상황의 고통스러움을 외면하지 않고, "여보게 우리는 쓰디쓴 현실을 등진 사람들이 아닐세"(「동굴의 시편」)라는 진술에서 알 수 있듯이 그 상실감과 고통에 대한 경각심을 붙들고 있다. 이를 자연을 통해 발설하려는 태도를 유지하고 있다 할 때, 그의 초기 시가 대상화한 자연은 김영랑이나 신석정의 시에서 볼 수 있는바 시인과의 사이에 객관적 거리가 개재된 목가적인 자연과는 다르다.

그런가 하면 필요 이상으로 슬픈 심정을 토로하거나 우울한 감상의 늪으로 떨어지지도 않는데, 민족 공동체가 처한 절망적 현실을 초극

하여 아침처럼 밝아오는 내일을 꿈꾸는 힘은, 삶에 대한 애정에 기반을 둔 인간중심주의의 기본 정신과 미래 지향적인 기독교 의식의 특수 정신이라는 두 영역으로부터 각기 소정의 북돋움을 받았을 가능성이 크다.

3-2. 중기 시

중기 시가 수록된 시집 『김현승 시초』와 『옹호자의 노래』에서는 신과 인간의 관계가 본격적으로 구현되기 시작한다. 신의 전능에 비추어 본 인간의 존재론적 한계를 나타내거나 그러한 경우 인간의 삶이 어떻게 정의될 수 있는가에 대한 문제에 지속적인 관심을 기울인다. 해방 공간을 시대적 배경으로 일제하의 비관적 지식인이라는 자부가 사라지고 자아의 내면에 대한 성찰이 깊이를 더하면서, 그의 절대자는 점차 절대적인 중량으로 시인의 삶에 군림하게 된다.

> 모든 우리의 무형한 것들이 허물어지는 날
> 모든 그윽한 꽃향기들이 해체되는 날
> 모든 신앙들이 입증의 칼날 위에 서는 날
> 나는 옹호자들을 노래하련다.
>
> _ 「옹호자의 노래」에서

「옹호자의 노래」는 1955년에 씌어졌다. 인권의 본질이 극도로 훼파되는 전후의 현실을 바라보면서, 그가 노래한 '옹호자'는 '인간의 존엄성'을 짓밟히지 않고 옹호 신장하려는 '휴머니즘'(「왜 쓰는가」)의 다른 이름이다. 그런데 이 옹호자를 노래하는 행위에 앞서 "모든 신앙이 입증의 칼날 위에 서는 날"이라는 전제가 충족되어야 한다.

이 시기에서도 그는 휴머니즘의 기본 정신을 한 손으로 다잡은 채, 다른 한 손으로 그것의 회복을 가능하게 해줄 신성 지향의 특수 정신을 붙들려 한다. 이러한 지향성의 의지는 이 무렵의 다른 시편들에서도 흔히 발견할 수 있다.

골짜기에
벼랑에
무기보다 빵보다
앞서 가야 할 우리들의 긴밀한 보급로는
신성과 자유의 마음들이다.

보라, 피로 물든 강기슭에
이그러진 황토 산비탈에
눈물로 세우는 모든 십자가의 제목도,
그리고 들으라,
우리들의 온갖 사랑과 정열과
모든 절망과 몸부림과 싸움의 동기를 역설하여 주는
폭탄 같은 외침도
신성과 자유다.

_「신성과 자유를」에서

자연을 대상으로 비판적 인식의 확대를 도모하던 역할이 이미 어떤 한계에 도달했을 때, 그는 인간의 존엄성을 지켜나갈 추동력을 새롭게 찾아보려 시도했을 것이다. 이때 그의 내부에 잠재해 있던 신성의 절대적 힘에 대한 믿음이 자연스럽게 하나의 해답으로 떠올랐을 것으로 짐작된다.

그러나 그 신성은 무조건적으로 절대자에 귀의하여 타력의 작동을 기다리는 형태로서가 아니며, 현실에 직면하여 '지상의 가장 아름다운 수확'을 갈구하는 창작 주체의 의지를 구휼하는 형태로 기능한다. 그러할 때 신성과 상호 보족적 관계로 자유의 개념이 운용되고, 이 긴밀한 탄력성이 수긍됨으로써 범상한 기독교 신자 김현승이 아니라 기독교 의식에 입각한 시인 김현승이 살아나는 것이다.

3-3. 후기 시

기독교의 교리에 투철한 한 개인의 신앙 역정에서도 '믿음 – 회의 – 회개 – 믿음'의 도식은 대체로 피할 수 없는 연단의 과정이다. 그것은 기독교 신앙의 본령이 예정조화설에서 보듯 절대자의 섭리에 의해 삶 자체가 조정된다는 인식의 보편화를 발양하기 때문인데, 더욱이 기독교 신자인 그가 이 해묵은 도식으로부터 벗어나기는 어렵다.

『견고한 고독』과『절대고독』에 펼쳐져 있는 그의 후기 시는 바로 이 험난한 신앙의 도정을 반증하는 시의 집적이면서, 동시에 절대자와의 관계를 지금까지와는 다른 모양으로 정립해보려는 고투의 기록이다.

리얼리즘의 이론에 근거한 골드망의 체계에서는 구약시대에 인간의 삶을 직접적으로 간섭하고 복락과 징벌을 가하던 신의 능력이 이제는 구름 뒤로 숨어버렸다는 관점(『숨은 신』)이 제기되고 있는데, 이 시기에 김현승의 신도 그의 시가 설비한 무대 위에서 굳건한 발판을 잃고 장막 뒤로 숨어버린다.

1960년대 후반의 사회적 병리 현상에 대한 경고 및 처방을 포기할 수 없었던 그에게, 신은 그의 속성대로 명쾌한 답변을 내려주지 않는다. 시인과 신의 관계가 모호해지고 걷잡을 수 없는 회의가 폭발하면서, 시인은 마침내 신과의 결별이라는 극약 처방을 내놓는다. 그리하여 시인은 고독한 인간의 극한에 선다.

모든 신들의 거대한 정의 앞엔
이 가느다란 창끝으로 거슬리고,
생각하던 사람들 굶주려 돌아오면
이 마른 떡을 하룻밤
내 살과 같이 떼어주며,

결정된 빛의 눈물
그 이슬과 사랑에도 녹슬지 않는
견고한 칼날 ― 발 딛지 않는
피의 살

_「견고한 고독」에서

나는 내게서 끝나는
아름다운 영원을
내 주름 잡힌 손으로 어루만지며 어루만지며
더 나아갈 수도 없는 나의 손끝에서
드디어 입을 다문다 ― 나의 시와 함께

_「절대고독」에서

기독교의 신약 시대를 떠받치는 통과제의는 성육신에 대한 믿음,

곧 예수 그리스도의 사역에 대한 믿음이며, 그것은 피와 살의 희생으로 완성된다. 그런데 여기서는 시인이 선험적으로 체득하고 있던 그 절대적 진리가 거부된다. 그는 더 이상 신의 구원을 믿지 않으며 '가느다란 창끝' 같은 시로써 신과 대결하려 한다. 그러므로 그의 고독은 종교를 잃어버린 자가 대체 논리로 개발한 또 하나의 종교적 얼굴이다. 따라서 이 무렵의 시에는 인본주의의 기본 정신이 기독교적 특수 정신을 압도하고 있다.

3-4. 말기 시

그러나 기독교의 교리에서는 이 항거의 몸짓 역시 인간 구원의 노정에 소속된 신앙의 한 유형으로 치부되고 만다. 그에게 선험적인 신앙의 깊이가 있었다면 이 강고한 인식으로부터 유리되기 어렵고, 결정적인 반전의 계기는 대개 삶이 어떤 막다른 기로에 당착했을 때 마련되는 것으로 설명된다.

여기에서 말기 시로 규정한 『마지막 지상에서』의 시편들은 다시금 신에게로 복귀하는 참회의 기도로 채워져 있다. 말년에 고혈압으로 쓰러지면서 회오의 심경이 더욱 절박해지고, 시인은 '돌아온 탕자'처럼 눈물의 시를 써낸다. 불면의 밤을 밝히며 노래하던 자유조차 거대한 신의 발아래 한갓 방종으로 평가절하되기에 이른다.

40여 년에 걸친 김현승의 고달픈 시와 삶의 유전(流轉)은 그럼에도 불구하고 우리 문학사에 시적 감각과 종교적 사상의 접합이라는 과제를 주의 깊게 반추하도록 하는 부피를 이루었다. 편협한 자기 세계에 대한 반성을 기독교 의식의 거울에 반사하면서, 그는 개별적인 내면의 자가발전으로는 작성하기 힘든 사상성의 후원을 종교적 체험의 구체성으로부터 공급받은 셈이다.

하지만 그 사상성의 정체가 종교적 진리의 심오한 뿌리에서부터 역동적으로 움터 오르는 힘에 의해 생성된 것이기보다는, 개인적인 체험의 절박함과 병렬되어 표층적 대응으로 일관된 아쉬움을 남긴다. 종교적 내용을 다루면서 경전을 소재로 삼거나 종교적 정신으로 창작된 문학을 통칭하여 종교문학이라 한다면, 김현승의 시가 끌어안고 있는바 서로 맞서서 대립 항을 이루는 두 정신적 줄기의 실체는, 종교문학이 일구어낸 사상성의 깊이에서 가치 지향적인 전범으로서『실락원』이나 가치 부정적인 전범으로서『데카메론』이 이룩한 성과에 미치지 못한다.

적어도 서구의 문화 전통에서 다져지고 굳어진 기독교 사상의 문학화라는 문제와 관련하여 그 서구적 문필 체계가 우리 문학의 실제와 조화롭게 악수하기에는 두 문화 패턴의 성격을 가늠하는 이질성의 간극이 여전히 크게 남아 있다. 그 간극을 우리는 김현승의 시적 편력을 통해 다시금 확인한 셈이다.

4. 김현승 시의 확산과 심화를 위한 방안

그럼에도 불구하고 김현승과 그의 시는, 한국문학에 기독교적 사상성을 기저로 하여 수발한 성취를 이룬 모범 사례에 해당한다. 그의 시 세계를 통한 문학적 성과의 거양과 그 시를 배태한 지역의 문화적 부가가치를 함께 일깨우는 일은, 오늘날에는 매우 당위적인 문화 산업으로 평가할 수 있다. 이를 위해 거칠고 간략하나마 몇 가지 방안과 방향성을 생각해보면 다음과 같다.

4-1. 김현승 시의 기독교 정신을 특화한다. 김현승 시는 기본적으로 기독교 정신 위에 서 있으며 이 항목을 끌어안지 않고서는 그 시 세계를 현실 속에 매설하는 일이 불가능하다. 이 경우 지역의 종교 단체 또는 대표적인 교회와 연대하는 일도 하나의 방안이 될 수 있다.

4-2. 지방자치체와의 긴밀한 협력 사업이 필수적이다. 김현승이 생장(生長)한 광주시와의 지역적 상관성을 확립 및 확장하고, 지속적인 협력과 지원이 가능하도록 협의 체계를 마련한다. 기념사업의 안정적 계속성, 지역사회에서의 공신력과 공공성의 확보를 위해 이는 반드시 선행되어야 할 조건이다.

4-3. 기념사업의 당위성과 계기를 적극적으로 개발한다. 한국의 문학 테마파크 가운데 경기 양평의 황순원문학촌 – 소나기마을, 강원 춘천의 김유정문학촌, 평창의 이효석문학관, 경기 남양주의 실학박물관, 경남 하동의 이병주문학관 등을 벤치마킹할 필요가 있다. 그런가 하면 사후(死後)에 다시 조명된 김달진, 허먼 멜빌 등의 사례를 참고한다.

4-4. 김현승 시의 연구를 촉진한다. 지속적인 연구 없이는 작고한 문인이 현실 속에 생동할 길이 없다. 그 기반을 조성하기 위해 김현승 문학제를 개최하고, 거기에 반드시 학술 세미나를 포함한다. 나아가 김현승학회의 설립도 계획한다. 이러한 활동을 통해 연구 논문과 저술을 촉진하고 이를 수행할 지역 연구자 그룹을 조직화한다.

4-5. 기념사업의 확장을 위해 소식지를 발간하고 김현승문학상을 제정한다. 이는 기념사업의 꽃이 되는 중요한 전환점이 될 수 있다. 이

문학으로 만나는 기독교 사상

를 위해 4-1 및 4-2 항의 관련 기관과 공동으로 예산 확보에 주력한다. 생가의 복원도 중요한 요소에 해당한다.

4-6. 궁극적으로 김현승 기념사업이 전국적 명성을 가진 문학 축제이면서 동시에 지역의 문화·경제적 부가가치를 향상시키는 순기능을 수행해야 한다. 이 모든 일의 추진을 위해 김현승기념사업회를 전국 규모로 확대하는 것이 바람직하다.

하늘과 뒤안길의 대극

서정주의 「화사」와 그 대립 구조의 의미

1941년에 상재된 미당 서정주의 첫 시집 『화사집』은 시인 개인의 창작 여정에서는 물론이고 길지 않은 우리 현대문학사에서도 하나의 중요한 기점을 이룬다. 당대의 전통적인 창작 관행을 넘어서 정지용이나 김기림이 확립한 세련되고 감각적인 시나, 청록파 시인들의 순후하고 자연 관조적인 시가 보여준 새로움과는 판이한 유형의 새로움이 이 시집을 채우고 있기 때문이다.

그 새로움은 서정적 섬세함이나 수사의 단련 그리고 지적 통어력과 같은, 시의 기본적인 항목을 돌보지 않은 채 혼신의 육성으로 내면적 상흔을 헤집어 보이는 치열한 발화법을 바탕으로 하고 있다. 그리하여 근대성의 맵시 있게 닦인 도로를 버리고 독특한 전통 지향의 울울한 숲길을 헤치면서, 원초적 생명력의 비경을 들추거나 설화적 모티프에 의해 촉발되는 끈질긴 욕망의 반응을 충동적으로 토로하기도 한다. 말하자면 이 시집에 수록된 24편의 시들은 제작된 것이 아니라 건

잡을 수 없이 토설된 것이며, 그 극단적인 정직성에는 전통적인 성향의 균제나 여백의 추구 그리고 근대적인 성향의 이미지나 기법적 고려 등의 양자가 모두 개재할 틈이 없는 셈이다.

이처럼 가열한 의식의 탐색을 독보적으로 수행함으로써 우리 시의 터전을 확장한 『화사집』도 어언 60년에 가까운 세월을 지나왔다. 그간 이를 기리어 50돌 기념 시제가 열리고 문예지의 특집이 꾸며지기도 했다. 이제 다시 돌이켜보면, 신라와 불교의 세계 및 질마재 마을을 거쳐 현실적인 안존에까지 도달한 파란만장한 시력(詩歷)의 굴곡이 출발 당초부터 예정되어 있었으리라는 짐작을 떨치기 어렵다.

『화사집』 가운데서도 거칠고 섬뜩한 외양으로 치장되어 있으면서 혼돈과 갈등의 내포가 극점으로 치달리는 「화사」는 서정주 초기 시의 성격을 거의 빠짐없이 집약하고 있기도 하거니와, 신화와 사실성의 세계가 상극하는 대립 구조를 구축하고 있기에 이 시를 분석함으로써 한 시인의 내부에 펼쳐진 심연의 바닥을 효율적으로 두드려볼 수 있을 것이다.

「화사」에 대해서는 이제까지 많은 평자들의 논의가 쌓여왔다. 때로는 원죄와 운명의 업고가, 때로는 리비도의 욕망과 관능이, 또 때로는 암울한 시대와 정신적 외상의 반영이 논거되어왔다. 또한 도저한 시적 직관에 의한 문학사의 새로운 길트기로 평가되기도 하고, 정제된 감수성을 도외시함으로써 노정된 한계가 지적되기도 한다.

우리는 「화사」를 두고 앞서 언급한 바처럼 신화와 사실성의 세계가 대립 상극하는 구도를 면밀하게 분석해봄으로써, 이 시가 포괄하고 있는 의미망을 천상과 지상, 초월의 꿈과 실존적 욕망의 대극 사이에서 방황하는 시적 화자의 운명으로 정초해보려 한다.

먼저 이 시가 쓰일 당시 시인의 내면 풍경이 어떠했는지 그의 말을 빌려 살펴보면 다음과 같다.

> 갓 젊어 오르던 육체의 탓이겠지. 나는 10대 후반기에는 그리스
> 신화 속에 이쁜 그림과 조각과 함께 표현되어 나온 신들의 아름
> 다운 육체의 매력에 많이 이끌리게 되었던 것이 사실이다. (……)
> 여기에는 또 내가 18세 때 가을부터 심취해 읽게 된 니체의 『짜
> 라투스트라는 이렇게 말한다』의 일역본의 영향도 첨가되어서,
> 드디어는 나도 나 자신을 신이요 동시에 인간인 존재라야 한다
> 고 생각하게 되었다.

『현대시학』(1991. 7.)의 특집 「화사집 50년, 미당 시력 50년」 중 "나
의 화사집 시절"에 기록되어 있는 자전적 회상의 한 부분이다. 이 인
용문에서 주목해야 할 대목은 "갓 젊어 오르던 육체의 탓"이라는 고
백과 "나도 나 자신을 신이요 동시에 인간인 존재라야 한다고까지 생
각"했다는 술회일 것이다. 육체의 조건에 얽매인 인간으로서 신화의
주인공들과 등가의 존재로 자신을 인식하고 있었다면, 이 폭넓은 상
거를 가로지르는 외나무다리를 가설하려 할 때, 거기에 어지러운 고
통이 뒤따르지 않을 수 없다. 아울러 "신이요 동시에 인간인 존재"의
양가성은 「화사」의 두 대극점과 그 사이에서의 방황을 암시하는 언표
로서도 유효하다.

이와 같은 사전 답사를 기억하면서 이제 「화사」의 문맥 속으로 걸어
들어가보자.

우리가 이 시에서 맨 처음으로 확정해야 할 것은 시적 화자의 성격
과 위치이다. 이 시를 해석하는 데 따르는 많은 오류는 이 점을 명확
하게 규정하지 않거나, 여러 갈래의 가능성을 한데 묶어 미분화된 상

문학으로 만나는 기독교 사상

태로 포장해버리는 데서 연유할 것이다.

　표층의 문면에 나타난 것처럼 배암을 두고 이브를 꼬여내던 "너의 할아버지"를 운위하는 화자는 분명 "우리 할아버지의 안해가 이브"라는 구절에서 추출할 수 있는바 "우리 할아버지" 아담의 후손인 관찰자이다. 이 관찰자는 아름답고 징그러운 배암의 모습을 주시하고, 하늘을 물어뜯으라고 종용하고, 가쁜 숨결로 돌팔매를 쏘면서 배암의 뒤를 따르며, 스물 난 색시 순네를 떠올리면서 "슴여라! 배암"이라고 소리치는 화자이다. 이때 배암을 시인의 심상이 투사된 상관물로 받아들이는 일은 큰 무리가 없으나, 배암을 주체로 한 관점을 내세우거나 또는 배암을 순네와 단선적으로 동일시하는 시각으로 보게 되면 상당한 위험이 뒤따른다. 즉 시 전체를 관능적인 해석 일변도로 이끌게 되거나 시 속에서 움직이는 대상자들의 영역이 범신론적이고 카오스적인 정황에서 혼용되기 마련이다. 물론 이 시에 그러한 독법이 가능할 만큼 애매모호성의 여지가 없는 것은 아니지만, 우리는 시의 내용이 지시하는 구체적인 화자의 입지를 확고히 다진 다음 타자와의 상관성 및 대립성을 면밀히 고찰해보아야 할 것이다.

　첫 연은 화사의 운동 공간과 객관적 존재 양상에 대한 화자의 관찰로 되어 있다.

> 사향 박하의 뒤안길이다.
> 아름다운 배암……
> 을마나 크다란 슬픔으로 태여났기에, 저리도 징그러운 몸둥아
> 리냐

　꽃배암, 화사의 운명적인 양극의 속성이 극명하게 대비된다. "아름

다운" 빛깔을 얻었으나 "징그러운" 뭄뚱어리를 벗어날 길이 없다. 이 이율배반적인 두 속성의 대립은 창작 주체인 시인의 심적인 혼란을 반영하면서, 그것이 화사라는 적절한 투사의 대상을 발견함으로써 예리한 표현법을 획득한다. "징그러운" 속성은 "커다란 슬픔으로 태여났"기 때문이다. 이처럼 마성적인 징그러움과 통절한 비애가 함께 응결되어 있을 때, 그 징그러움은 완강한 경계의 방책 저편으로 축출되기 어렵다. 어쨌거나 이 시는 서막이 열리면서부터 찬탄과 혐오의 상반된 감정을 함께 끌어안기를 요구한다. "사향 박하의 뒤안길"은 흔히 관능적 후각이 지배하는 장소의 다른 이름으로 풀이되었으나, 다음 연에 견주어보면 그 성격이 한결 선명하게 드러난다.

꽃다님 같다.
너의 할아버지가 이브를 꼬여내든 달변의 혓바닥이
소리 잃은 채 낼룽거리는 붉은 아가리로
푸른 하늘이다. ……물어뜯어라, 원통히 무러뜯어.

"사향 박하의 뒤안길"에 있을 때 배암은 "꽃다님"같이 아름답다. "꽃다님"의 부드럽고 안온한 이미지가 발산하는 아름다움의 배면이 징그러움으로 적발되는 것은 "푸른 하늘"이라는 거울에 반사될 때이다. 우리는 이 "푸른 하늘"의 내포적 의미를 해명하기 위하여, 시인이 시행 가운데서 사용하고 있는 저 창세기 원죄 의식의 언저리를 더듬어보아야 한다.

성경에서는 천사장이 신의 징벌을 받아 천국에서 추방되면서 사탄으로 변모하는데, 뱀은 그 사탄의 변신이다. 그가 에덴동산의 이브를 꼬여내 실락원을 초래하고, 마침내 이브의 후손과 뱀의 후손은 돌팔매질과 발뒤꿈치를 물어뜯으려는 행위로 맞서게 된다. 기독교적 교리에 비추어보면 이브의 후손은 신이 인간을 구원하려는 역사의 진행에 속해 있고 뱀의 후손은 이에 대한 적대 세력이다. 따라서 뱀은 그러한 구원의 역사에 부정적인 난관으로 작용하면서, 인간의 발뒤꿈치나 신의 소재지인 푸른 하늘을 동일한 적대와 항거의 논리로 물어뜯으려는 것이다.

"이브를 꼬여내던 달변의 혓바닥"은 이제 소리를 잃고, 남은 것은 "낼룽그리는 붉은 아가리"뿐이다. 이 '붉은 아가리'는 시의 말미에서 붉게 타오르는 고운 입술로 전화되어 시의 전체적인 의미를 복합적 중의법으로 구성하기도 한다. 달변과 실어(失語)의 대비가 이처럼 명백할 때, 화자는 배암에게 가해진 형벌을 일방적으로 수용하지 않는다. 오히려 푸른 하늘을 물어뜯으라고, 그것도 원통히 물어뜯으라고 부추긴다. 시인이 신의 징벌로 인한 배암의 징그러운 외형을 통해 자기 내부에서 고통스럽게 꿈틀거리는 또 한 마리 마성적인 욕망의 배암을 인식하고 있기 때문이다.

한 행으로 된 3연은 이 이중적인 인식을 더욱 강화한다.

다라나거라. 저놈의 대가리!

돌팔매질을 피해 달아나라는 방생의 소망과 저놈의 대가리에서 눈을 돌리지 않는 추적의 의지를 거멀못처럼 동시에 거머쥐고 있는 형국은 시인의 복잡한 심경을 직접적으로 드러낸다. 푸른 하늘과 뒤안길의 두 공간에 걸쳐 강고한 의미의 사슬로 묶여 있는 배암을 보면서, 시인은 숙명적인 동류의식을 느끼고 있는 것이다.

돌팔매를 쏘면서, 쏘면서, 사향 방초ㅅ길

저놈의 뒤를 따르는 것은

우리 할아버지의 안해가 이브라서 그러는 게 아니라

석유 먹은 듯…… 석유 먹은 듯…… 가쁜 숨결이야

　제4연에 이르면 화자는 배암과의 팽팽한 대립 및 상충에서 오는 긴장의 끈을 느슨하게 풀면서, 시선을 배암으로부터 자신의 내부로 옮기는 반성적 성찰의 시간을 마련한다. 돌팔매를 쏜다는 행위의 타당성에 대해서는 앞서서 창세기의 원죄 의식에 비추어 살펴본 바 있다. "사향 방초ㅅ길"은 "사향 박하의 뒤안길"에 약간의 변형을 가한 것으로서 본질적인 성격은 동일하다. 그 뒤안길에 있을 때의 배암은 돌팔매의 표적일 수밖에 없지만, 그것이 "우리 할아버지의 안해가 이브라서 그러는 게 아니라"는 전혀 의외의 속마음을 발설한다.

　신의 저주로써 구획된 대립 관계가 일시에 허물어지면서, 화자는 석유 먹은 듯 가쁜 숨을 몰아쉰다. 우리는 이 가쁜 숨결이 어디서 무엇으로부터 비롯되는가를 검증해보아야 한다. 그런 점에서 "석유 먹은 듯"이라는 레토릭이 불투명하고 허약한 감이 없지 않지만, 여기에서의 가쁜 숨결은 배암을 뒤따르며 추적하는 데서 비롯되는 것이 아닐 것이다. 왜냐하면 원죄 의식의 그 팽팽한 긴장감을 완화하는 유화의 손길이 선뜻 건네지고 있기 때문이다.

　이미 언급한 바처럼 시인이 화사집 시절의 갓 젊어 오르는 육체의 탓임을 실토했고, 그의 정신세계가 절대적인 가치와 마성적인 욕망 사이에서 극심한 혼돈을 겪고 있었으며, 화사의 존재 양식을 통해 숙명적인 동류의식을 절감하게 되었다면, 이 가쁜 숨결이야말로 자신의 내부에서 들끓고 있는 격랑의 소용돌이를 그대로 표출하는 현상이라

할 수 있겠다.

배암으로부터 자신의 내부로 시선의 방향을 바꾸었다고 해서, 그 격
랑을 평정할 수 있는 힘이 확립되는 것은 아니다. 그러기에는 내부에
서 휘몰아치는 소용돌이가 너무 강렬하다. 화자는 이 난감한 사정을
시의 표면으로 밀어 올려놓은 채, 다시 배암을 바라본다.

　　　바늘에 꼬여 두를까부다. 꽃다님보단도 아름다운 빛……

바늘에 꼬여 발목에 두르고 싶을 만큼 "꽃다님보단도 아름다운" 화
사의 빛깔은 화자와 배암의 거리를 지근하게 단축시키고, 앞 연에서
도모한 긴장감의 이완을 사향 박하 내음 짙고 방초 무성한 뒤안길 위
에 세운다. 이 은밀한 자리는 곧 푸른 하늘의 영력이 차단된 밀실일
수 있으며, 여기에 전설적인 미인 클레오파트라가 대입되고 화자가
욕망하는 실존적 대상으로는 유일하게 맨 얼굴을 내미는 순네가 등장
한다.

　　　크레오파투라의 피먹은 양 붉게 타오르는 고흔 입설이다……
　　　슴여라! 배암.

어느 논자의 경우, 붉게 타오르는 고운 입술을 두고 클레오파트라의
자살에 비추어 그 피를 먹었기 때문이라는 해석을 부가하는데, 이는
지나치게 작위적인 부연으로 보인다. 오히려 피를 머금은 양 핏빛처
럼 붉게 타오르는 클레오파트라의 고운 입술과 같이 화사의 아가리가
요염하고 요기롭게 붉다는 설명이 더 적합할 것 같다.

이 붉은 아가리는 2연에서 묘사된 태초의 원죄를 또다시 시의 끝머

리로 끌어오면서, 그럼에도 불구하고 고운 입술을 부정하지 못하는 운명적 업보의 마력을 승인하도록 촉구한다. 그리하여 이 숨길 수 없는 애증의 감정이 "슴여라! 배암"이라는 비명과 더불어 결국은 창조적 질서의 푸른 하늘을 등지고, 뒤안길의 디오니소스적인 신화 세계와 악수하는 행로를 선택하는 것이다. 그것은 또한 시인이 자신의 내면적 형상을 억누르지 아니하고, 있는 그대로 수락하는 자기 직시의 길이기도 하다.

> 우리 순네는 스믈난 색시, 고양이 같이 고흔 입설…… 슴여라!
> 배암.

지금 화자의 위치는 배암의 뒤를 따라 푸른 하늘과 대극에 있는 뒤안길로 유도되어 있다. 여기에 느닷없이 떠오르는 "우리 순네"는 창세기의 이브에 필적하는 또 하나의 대극이다. 그런데 순네의 입술은 고양이의 그것처럼, 더 나아가서는 클레오파트라나 화사의 그것처럼 붉고 곱다. 시인은 종막에 도달하기까지 은밀히 숨겨놓았던 순네를 드디어 시의 전면에 내세우며, 시적 화자와 화사와 순네가 동시에 뒤안길의 종족으로 연합하는 정동적 감응력의 환경을 연출한다. 마지막 두 연의 말미에 "슴여라! 배암"이라는 어사가 동일하게 덧붙여짐으로써 그것은 한층 더 강화된다.

이처럼 시인은 시의 결말에 이르도록 관찰자인 화자를 상정해두고, 그를 통해 자신의 욕망을 대변하는 담화 구조를 유지한다. 우리가 이 시의 대립 구조와 그것이 표방하는 의미를 구명하면서, 시인과 화자를 분리하지 않고 동일한 선상에서 적용할 수 있었던 것은 바로 그 때문이다.

문학으로 만나는 기독교 사상

이 곤고한 역정은 궁극적으로 신성의 푸른 하늘과 마주하고 있는 인본주의적 삶의 현장으로 복귀하는 길 찾기와 다르지 않다. 그러한 방향성은 또 한편으로는 그가 「화사집 시절」에서 샤를 보들레르의 탐독자였다고 언명한 것처럼, 보들레르의 『악의 꽃』과 유사한 탐미적 세계에로의 진입이기도 하다.

기실 이러한 경향은 『화사집』 전체를 관류하는 일관된 창작 태도이며, 화사는 시인의 인간적 고뇌와 방황의 진폭을 예고하는 서장으로서의 기능을 담당한다. 요컨대 초기 시에서 그는 신성의 수혜에 기대어 청정한 심상을 유지할 수도 있는 안이함을 능동적으로 거절하는 것이다.

그런데도 문제는 남는다. 「화사」의 서두에 설정된 푸른 하늘과 뒤안길의 대립 상극을 줄기차게 밀고 나가지 못함으로써, 그리하여 인간이 경험할 수 있는 어두운 심연의 막장을 모두 밟아보지 못함으로써, 이 시인이 우리 문학사에 공여할 수 있었을 법한 존재론적 갈등의 수직적 깊이를 체현하는 일이 도중 하차되었기 때문이다.

추후 그의 시가 생명력의 몸부림이 유현한 초기를 거쳐 신라와 불교의 세계를 탐조한 다음 귀향과 안착의 평정기에 이를 때까지, 우리가 아쉬워하는 그 깊이의 저변을 언어의 그물로 걷어 올렸다고 보기는 어렵다. 이와 같은 아쉬움이야말로, 말하자면 우리 현대 시사(詩史)에서 상대적인 의미에서의 적지 않은 손실일 터이다.

사유의 극점에서 만난 종교성의 두 면모

김달진의 불교적 정신과 기독교적 정신

1. 서론

우리 문학이 안고 있는 취약성 가운데 그 정도가 오래고 깊은 항목 하나를 꼽아본다면 사상성의 부재, 혹은 사상을 담은 걸작의 부재를 지적할 수 있을 것이다. 문학의 사상성을 발양하고 보완하는 여러 의미 구조와 장치가 있겠으나, 그와 관련하여 종교문학, 종교적 주제 또는 소재를 다루는 문학을 상정해보는 것은 매우 효용성 있는 작업이다. 문학의 미학적 가치에 내포적인 부피가 광대한 종교성의 조력이 공여된다면, 사상을 담은 문학이라는 아포리아는 활달한 해소의 길을 열 수도 있을 터이다.

여기서 분석하고자 하는 김달진의 문학은 근본적으로 불교적 사유 체계 위에 형성되어 있다. 그가 1939년 중앙불교전문학교를 졸업하고 한때 입산하여 수도 생활을 했으며, 1960년대 이후 은둔하면서 동국

대학교 역경위원(譯經委員)으로 불경 국역 사업에 혼신의 힘을 기울인 경력만 보아도 익히 짐작할 수 있는 일이다. 더욱이 1983년 '불교정신문화원'에 의해 한국고승석덕(韓國高僧碩德)으로 추대되기도 했으니 더 말할 나위가 없다.

그의 장편 서사 시집 『큰 연꽃 한 송이 피기까지』(1974)나 번역서 『법구경』(1965), 『금강삼매경론』(1986), 『붓다차리타』(1988), 『보조국사전서』(1988) 등의 제목을 열거해보아도 그 내면 세계가 불교적 사상성에 바탕을 두고 있음을 알 수 있다. 또한 이처럼 불교의 꼬리표를 달지 아니한 다른 시집이나 저술에서도 동양의 고전과 선(仙)의 세계를 담고 있어 불교적 세계관과 그다지 멀리 떨어져 있지 않다. 미상불 불교 사상이 그의 삶과 정신, 시 창작과 고전을 번역하는 데 확고한 척도가 되었을 것임은 명약관화한 일이다.

그런데 매우 이질적이고 뜻밖으로 그의 의식 세계, 특히 산문전집인 『산거일기』[1]에 나타난 인식의 내면을 들추어보면, 거의 전권에 걸쳐 기독교에 관한 관심이 도출되는 기이한 현상을 목도할 수 있다. 김달진 자신이 쓴 「나의 인생, 나의 불교」[2]를 보면, 13세 되던 1920년 고향인 당시 경남 창원군에서 계광보통학교를 졸업하였고, 이후에 상경하여 경신중학을 다녔다. 이러한 기독교계 학교에서 수학한 체험과 또 계광학교에서 7년간 교편을 잡고 있었던 체험을 통해 자연스럽게 성경 지식과 기독교적 세계관에 익숙해졌을 것으로 추론된다.

더욱이 그가 "어떤 새로운 세계에 대한 무조건적인 절대(絕對)에의

---

1) 김달진, 『김달진 산문전집―산거일기』, 문학동네, 1998.
2) 김달진, 「나의 인생, 나의 불교」, 『불교사상』, 1984. 6.

귀의(歸依) 같은 황홀경"을 좇아, 부모 처자를 버리고 고향 김해를 떠나 입산하는 대목을 기술하면서, "우리 배달민족에 대한 하나님의 가호만을 기원하던 예배당(교회)을 멀리하게 되었다"[3]고 토로하고 있다. 이는 상대적으로 그 이전 기간에 자신의 내면에 상당 부분 기독교적 의식이 잠재해 있었음을 반증하는 셈이다.

한 인물의 내부에 깃드는 사유의 뿌리는, 그 처음은 미약하나 나중은 심대한 법이다. 그가 입산 수도자가 되어 금강산 유점사에서 지내던 1941년께의 「산거일기」와 『법구경』을 간행한 1965년께의 「삶을 위한 명상」을 보면, 처처에 기독교적 발상과 인식이 마치 낭중지추(囊中之錐)처럼 돌출하고 있다. 앞의 글은 34세 무렵, 뒤의 글은 58세 무렵이니, 24년의 세월을 격하고도 그의 내부에 펼쳐진 그 흥왕한 불교적 사유의 파노라마 가운데 기독교적 세계관의 편린들이 틈입해 있는 형국이다.

불교와 기독교는 분명 동서 문명의 정신적 정화(精華)를 대표하는 종교이며, 그 교리의 방향도 전혀 다르다. 불교가 보편타당성의 교리로 세계를 널리 감싸 안는 원심력으로 작용하는 데 비해, 기독교는 절대타당성의 교리로 세계를 한 방향으로 이끄는 구심력으로 작용한다. 전자가 평범한 사람으로부터 절대적 존재에 이르는 상향 종교인 데 비해, 후자는 전지전능한 절대자로부터 범인에 이르는 하향 종교의 방향성을 가졌다.

그러나 종교적 절대정신을 현실의 삶 속에 시현하는 그 실천적 항목에서는, 자비와 사랑이 전혀 상충 없이 하나로 소통되는 종교성의 미덕을 나타낸다. 김달진의 내부에 사뭇 조화롭게 공존하고 있는 종교성

---

3) 김달진, 「나의 인생, 나의 불교」.

문학으로 만나는 기독교 사상

의 두 면모도, 결국 이 조화로운 악수의 방식을 닮아 있을 수밖에 없다. 이 글에서는 김달진 시에 나타난 두 종교적 사상성의 양상과 그것이 갖는 상관성의 의미를 구명함으로써, 우리 문학 가운데 하나의 범례로 제시될 수 있는 종교문학의 중층적 전개 방식을 도출해보려 한다.

2. 종교적 사상성, 불교와 기독교의 만남

김달진의 시에 대한 불교적 접근과 해석은 이미 여러 논자에 의해 다양하게 시도되었다. 장호의 「김달진의 불교문학—선운(仙韻)과 우주유비(宇宙類比)」[4]와 김윤식의 「시와 종교의 길목—월하 김달진의 경우」[5]처럼 직접적으로 종교성의 문제를 다룬 글들이 있는가 하면, 김재홍의 「김달진, 무위자연과 은자의 정신」[6]과 최동호의 「김달진의 시와 무위자연의 시학」[7]처럼 노장사상의 시적 발현을 다룬 글들도 있다. 주목할 만한 사실은, 김달진의 시가 직접적으로 불교적 색채를 드러내거나 종교성의 맨 얼굴을 생경하게 노출시키지 않는 장점을 가졌다는 사실이다.

김달진의 불교적 정신과 기독교적 정신이 그 교리의 빙탄불상용에도 불구하고 그의 내부에서 화해할 수 있는 것은, 교리의 근본이 아니라

---

4) 장호, 「김달진의 불교문학—선운과 우주유비」, 김달진, 『김달진 산문전집—산거일기』, p.247.

5) 김윤식, 「시와 종교의 길목—월하 김달진의 경우」, 위의 책, p.278.

6) 김재홍, 「김달진, 무위자연과 은자의 정신」, 김달진, 『김달진 시전집』, 문학동네, 1997, p.523.

7) 최동호, 「김달진의 시와 무위자연의 시학」, 위의 책, p.551.

그 실천의 덕목에 의거해 있을 때라는 사실을 앞서 살펴본 바 있다. 그런데 그 어려운 더부살이가 불교적 세계관으로서는 크게 어렵지 않겠으나 기독교적 세계관으로서는 만만치 않은 저항을 불러올 수 있다. 적어도 기독교 교리의 이 부분은 절대자와의 수직적 관계로는 설명하기 어렵다. 그러할 때 이를 인간과 인간관계의 수평적 구도로 풀어보는 것이 하나의 해명 방법이 된다.

성경에서 "너희 안에 거하시는 하나님"이라고 할 때, 그 '너희 안'은 '너희들 관계 속에 계시는 하나님'이라고 해석해야 옳다. 이 사람들 사이의 관계는 기독교적 세계 인식에서 신과 인간의 관계를 말하는 수직의 축과는 다른, 수평의 축이 존재하는 근거와 양식을 말한다. 김달진의 의식 세계 속, 불교적 세계관 속의 기독교적 의식은 그와 같은 수평의 축에 근거하여 존재 방식을 규정짓고 있다고 할 수 있다.

그것은 김달진 자신의 정신적 균형 감각을 말하는 것이기 이전에 이미 기독교적 교리의 선험적이고 배타적인 유형 및 양식에 관련되어 있는 문제이다. 이 두 종교성의 면모가 한 인간의 내면에 각기의 색깔로 어울려 있다면, 그것은 그 인간의 성정이 두 종교의 실천적 덕목에 배치(背馳)되지 않도록 맑고 순수하지 않아서는 안 될 일이다.

종교의 고결한 이치를 올곧은 품성으로 삭여낸 김달진의 시가 "욕망의 극소화와 자기무화(自己無化)의 세계"[8]로 가는 것은 당연한 수순이요 이치이다. 그의 시가 표방하듯 청정한 사유의 극점에서 만난 두 종교성의 모습, 이는 우리 문학사상 보기 드문 정신주의의 개가

---

8) 조정권, 「욕망의 극소화와 자기무화의 세계—월하 선생의 생애와 시」, 김달진, 『김달진 시 전집』, p.571.

(凱歌)라 할 만하며, 그것이 곧 불교와 기독교의 정신 및 교리의 정화
와 더불어 김달진 문학 세계를 살펴보는 이유이다.

3. 김달진 문학세계 속의 기독교적 인식

서른 중반으로 접어드는 시기의 김달진은 금강산 유점사에서 수도 정
진의 시기를 보내며 「산거일기」를 썼다. 험난한 시대에 다기(多岐)한
체험을 끌어안고 있었다 할지라도, 이제 겨우 장년의 초기인 연륜에
그만한 관조적 세계관에 침윤했다면 그는 이미 범상한 내력의 소유자
가 아니다. 그 자신이 정의하고 있는 '종교'는 다음과 같다.

> 인간의 삶이란 의욕과 희망과 재미로써 영위되어 가는 것이다.
> 의욕에서 무심으로 구속에서 해탈로 나아가는 것이 종교 생활
> 의 극치요 또 종교의 목적이다.
> 사람들이 행복과 쾌락과 선과 정의에서 삶을 구하고 삶의 의의
> 와 가치를 느낄 때에 우리는 선악과 행, 불행을 뛰어넘은 절대
> 의 세계, 삶 그 자체에 의의를 느끼려고 하는 것이다. 이 절대의
> 식―이것이 종교의식이다.[9]

　종교의 목적과 종교의식을 표방하는 이 짧은 문면에서, 김달진은
"인간의 삶"과 "종교 생활"을, 그리고 "사람들"과 "우리"를 대칭적으

---

9) 김달진, 「산거일기」, 『김달진 산문전집―산거일기』, p.13.

로 구분하여 기술하고 있다. 그렇게 세상과 자기 자신을 구분하는 일은 수행자로서의 정체성을 확립하는 초동 단계였을 것이다. 그것은 또한 세상의 생각에서 놓여나 온전한 수행자가 되기를 갈망하는 자기 단련의 시발이었을 것이다. 그러한 분별을 갖춘 자신이 사유의 중심에 있는데도 "내가 나를 유혹하고" 있으며 "아담과 이브를 유혹한 것은 뱀이 아니요, 아담 이브 자신"이라는 레토릭이 사용된다.

> 일념의 잘못이 얼마나 무서운 것인가? 아담과 이브가 한 생각 전에는 천국에 살았다. 그러나 선악의 한 생각이 일어났을 때는 천국을 잃었다. 중생과 부처, 극락과 지옥, 오(悟)와 미(迷), 성(聖)과 범(凡)의 경계의 차이가 일념에 있다 생각하면 얼마나 무서운 찰나 찰나인가?[10]

김달진은 '유혹의 마(魔)'를 말하는 이 부분에서 기독교와 불교의 개념적 소재를 혼합하여 쓰고 있다. 그렇다고 해서 그가 기독교 신앙의 자기 고백이나 그 순복의 지경에 한쪽 발이라도 들여놓고 있다고 볼 수는 없다. 그에게 기독교는 경험과 이해의 대상이지 불교에의 귀의와 같은 투신(投身)의 대상이 아니다. 그러기에 자신의 생일날 쓴 일기에서, "오늘은 내 생일이다. (……) 하나님이 나를 창조하지 않았고, 하늘이 나를 내지 않았으며, 나는 나의 생탄의 의의를 생각하고 싶지 않다"[11]고 기록하고 있다.

---

10) 김달진, 「산거일기」, p.16.
11) 위의 글, p.48.

그렇다면 당연히 종교적 신앙고백이 없는 기독교에 대한 이해의 수준 자체가 그렇게 중요한 문제가 될 수 있느냐는 반문이 제기될 것이다. 물론 그럴 수 있다. 그러나 종교적 신앙심의 깊이를 말하는 자리가 아니라 그것의 문학적 변용을 말하는 자리일 때, 또 김달진의 경우처럼 종교의 실천적 덕목을 자기 안에서 용해할 수 있을 때는, 그 본질로부터 파생된 의미와 구성 성분과 영향 관계를 가늠해보는 일이 일정한 가치를 생성할 터이다. 그의 표현처럼, "고금의 많은 둔세자(遁世者) 속에서 우리는 얼마나 많은 착세자(着世者)를 발견하는가"[12]의 문제이다.

> '나를 버리고 오직 부처의 뜻을 따르라'는 부처님의 말씀이나
> '구하라, 줄 것이다'는 예수님의 말씀이 어찌 우리에 속임이 있
> 으랴! 나를 버려라, 이웃을 사랑하라 하실 때 우리는 그 결과를
> 생각하거나, 더구나 그 결과의 허실을 의심할 것이 아닌 것이
> 다. (……) 사실 우리는 얻지 못하였기에 믿지 않는 것이 아니
> 라, 믿지 않았기에 구하지 않은 것이요, 구하지 않았기에 얻지
> 못한 것이다.[13]

그가 비록 기독교 신앙의 수용자가 아니었다 할지라도, 위의 인용문을 보면 기독교와 불교를 망라한 종교적 믿음의 근본적인 존재 양식을 예리하게 투시하고 있음을 확인할 수 있다. 성경의 요한복음에서

---

12) 김달진, 「산거일기」, p.52.
13) 위의 글, p.71.

사도 베드로의 고백, "우리가 주는 하나님의 거룩하신 자이신 줄 믿고 알았삽나이다"[14]는 바로 이 점을 말하고 있다. 곧 '알고 믿는' 논리의 신앙이 아니라 '믿고 아는' 체험의 신앙이 종교적 믿음의 본질이라는 뜻이다. 하지만 역으로 기독교적 세계관에 근거하여 그의 기독교적 의식을 검증해보면, 그 단순 명료한 논리에는 반박할 곳이 많이 보인다. 예컨대 다음과 같은 언급들이 그러하다.

> '원수를 사랑하라'는 예수의 말씀은 평화주의자의 동정심도 아니요 패배자의 낭만벽도 아니다.
> 그것은 자기에의 확신, 어렵게 견딘 시련에의 감사, 생명력에의 신념이요, 그리고 '적은 강할수록 좋다'는 정복자의 오만스런 개가인 것이다.[15]

> "신은 죽은 자(영적 의의에 있어서)의 신이 아니라, 산 자(영적 의의에 있어서)의 신이다."
>
> _ 마태복음 20장 31절

그러나 나는 말하고 싶다.
신은 산 자(영적 의의에 있어서)의 신이 아니라, 죽은 자(영적 의의에 있어서)의 신이다.
전자의 말이 결과에 있어서의 뜻이라면 후자의 말은 그 동기에 있어서의 뜻이라 할까? 그리고 전자는 사람의 입장에서라면,

---

14) 요한복음 6장 69절.
15) 김달진, 「산거일기」, pp.88-89.

문학으로 만나는 기독교 사상

후자는 신의 입장에서라 할까?[16]

앞의 인용문은 '원수를 사랑하라'는 예수의 가르침을 매우 인본주의적으로 풀어 보이고 있는 것이며, 뒤의 인용문은 복음서의 교리를 결정론과 동기론으로 풀어 보이되 인본주의와 신본주의의 관점에서는 기술자 자신이 혼동된 모습을 보이고 있다. 이러한 현상은 앞서 상고해본바 '믿고 아는' 신앙의 방정식을 위반하는 것이며, 그 가장 중요한 이유는 그가 기독교를 깊이 있게 이해했다 할지라도 결코 기독교인의 믿음을 소유하며 살지 않았다는 데 있다.

> 갖가지 형태와 본질을 지니고 역사에 나타난 모든 신은 결국 인
> 간의 신이었다. 신의 신은 아니었다. (……) 그러므로 우리는
> 신에게서 인간밖에 본 것이 없다.[17]

마침내 그의 신관(神觀)이 궁극에서는 가장 인본주의적인 전형으로 드러날 수밖에 없음을 증명하는 구절이다. 이 글은 그의 연륜이 58세에 이르렀을 때의 신관이다. 그런데 불교적 교리는 이 대목에 석연할 수 있어도, 기독교적 교리는 정면 대결의 양상을 띨 수밖에 없다. 이것이 두 종교의 조화로운 만남을 자신의 정신세계 안에서 성취하고 있으면서도 그 양자의 혼용을 통한 자가 발전의 다음 단계를 짚어나갈 수 없었던 그의 한계 지점이다. 그리고 그것은 김달진 세계관의 한계

---

16) 김달진, 「산거일기」, pp.95-96.
17) 김달진, 「삶을 위한 명상」, 『김달진 산문전집—산거일기』, p.121.

이기보다는 두 종교의 상호 충돌하는 교리적 근본주의의 문제라 해야 옳을 것이다.

4. 인본주의적 시각의 정처

앞에서 김달진의 기독교적 세계관이 신앙인의 시각과는 다른 궤도 위에 서 있음을 확인했으되, 그가 기독교 신앙의 원론에 대한 이해를 퇴색시키거나 그 신앙의 본질을 폄하하는 태도를 가졌던 것은 아니다. 그는 당초부터 한 종교의 교리와 그것의 구현에 대한 질서를 거스를 만큼 적극적 악의를 가져본 적이 없는 품성의 인물이었다. 일찍이 자기 내부에 뿌리내렸던 그 기독교적 의식이 자기가 일생을 두고 추구한 불교적 의식과 어떻게 만나고 조화하며 또 반목하는가를 정직하게 노출시키고 있을 뿐이다. 우리 문학사의 문인 가운데 그러한 양가적 경험의 정직성을 깊이 있게 드러낸 이가 드물다는 측면도 주목할 만한 가치가 있다.

> 십자가 위의 예수의 사형!
> 이때처럼 인간의 잔학성을 보인 일은 인류 역사에 없었으리라.
> 그러나 이때처럼 인간의 깊은 사랑과 신뢰를 세상에 보인 일은
> 역사의 어느 곳에도 보이지 않으리라.[18]

---

18) 김달진, 「산거일기」, p.104.

문학으로 만나는 기독교 사상

예수는 인자(人子)이며 말씀이 육신의 몸을 입고 온 성육신의 존재이므로 '인간'이지만, 기독교적 시각으로는 절대자의 다른 모형인 성삼위일체 가운데 한 존재이다. 이를테면 예수를 신으로 보느냐 인간으로 보느냐가 김달진이 기독교 교리와 나누어 서는 대목이 되며, 이는 또한 세상의 모든 신본주의와 인본주의 그리고 모든 신본주의적 종교와 인본주의적 종교의 교리가 서로 나누어 서는 대목이 된다. 그의 인본주의적 시각은 위와 다른 글에서 한 걸음 더 앞으로 나아가 다음과 같은 문장을 생산한다. "예수의 십자가는 육체적 불쾌가 정신적 쾌락을 보다 거대하게 만들고 있다."[19]

> 괴로움의 숲 아래서 명성(明星)을 보고, 광야에서 하늘의 계시를 받음에 석가, 예수의 종교적 천재아의 위대성이 있는 것이다.
> 그러나 오도(悟道)도 석가의 오도요, 수계(受啓)도 예수의 수계인 것이니, 그 위대가 우리에게 무슨 교섭이 있으랴!
> 그보다 '나도 너, 너도 나, 나를 이용하라. 그리하여 너는 너 자신이 되라'는 간곡한 자비에 석가, 예수의 진정한 종교적 위대성이 있는 것이다.[20]

마침내 두 종교의 의미와 성격에 대해 김달진이 도달한 득음(得音)의 자리는 불교적 인본주의의 세계이다. 예수를 '종교적 천재'라 호칭하는 것은, 예수의 신성(神性)을 인정하지 않는 반대자의 오래고도 전

---

19) 김달진, 「삶을 위한 명상」, p.211.
20) 김달진, 「산거일기」, p.108.

통적인 발화법이다. '나'를 통해 '석가, 예수의 종교적 위대성'을 발굴하는 방식도 동일한 시각이다. 사정이 그러할 때 김달진의 문학적 의식 세계 속에 등장하는 기독교는, 그와 여러모로 교류가 있었던 김동리가 『사반의 십자가』에서 보여준 기독교관이 그러했던 것처럼, 인본주의적 의장(意匠)의 외형으로 나타난다. 그리고 그 인본주의적 방식은 불교적 교리로는 큰 난관 없이 수용 가능한 상황에 있다.

5. 마무리

종교적 절대주의에 입각하여, 그 말과 생각의 표현으로 신심의 수준에 잣대를 가져다 대는 평가 방법에서 인본주의는 극심한 타기(唾棄)의 대상이 될 수 있다. 그러나 그것이 신앙의 범례가 아니라 인간 자신과 그 표현으로서의 문학이 논의의 대상이 되는 경우라면 전혀 다른 조명이 가능하다. 이때의 인본주의나 인간중심주의는 인간을 인간답게, 문학을 문학답게 하는 강력한 촉매제로 기능할 수 있다. 더욱이 그것이 종교적 청정심의 후광을 입고 있다면 더 말할 것도 없다.

요컨대 신앙의 깊이와 인간성의 발현이라는 서로 다른 방향성을 가진 문제를 대립적 관점으로 보지 않고 조화롭게 만날 수 있도록 인도하는 방식의 장점인 것이다. 김달진의 경우, 이 장점이 잘 발양되어 문학과 종교는 어떻게 서로 같거나 다른지를 증거한다. 세상의 모든 사람들이 모두 욕망의 저잣거리로 서슴없이 달려가버리는 시대에 그의 시와 산문이 진흙 속에 핀 연꽃의 법문처럼 청신한 울림을 주는 것은 바로 그 장점에 많은 부분 기인한다.

우리 시사에서 가장 깊이 있게 정신주의의 문학 세계를 천착했던 김달진의 경우는, 이제까지 살펴본 바와 같이 그 문학적 성과의 중심을 종교적 사상성에 크게 빚지고 있다. 그리고 그 주된 분량은 그가 일생을 통해 신명을 던졌던 불교적 세계관으로 채워져 있다 하겠으나, 어린 시절부터의 실제적 체험과 관련된 기독교적 세계관이 이 정신적 행로에 합류함으로써 그 깊이와 넓이를 한층 더했다 할 수 있다. 이와 같은 김달진 문학의 장점을 통하여 서두에서 거론한 바 있는 '사상을 담은 문학'을 폭넓게 실현할 하나의 표본 모델을 정립해볼 수 있을 것이다.

종교적 인식이 부양한 일상시의 사상성

조병화 시의 기독교적 사유(思惟)와 그 의미

1. 조병화 시에 수용된 기독교 의식

이 글에서는 조병화 시에 나타난 기독교 의식을 살펴보고자 한다. 크게는 '조병화 시의 철학성과 현대적 의의'라는 주제 아래 다른 소주제들이 함께 연구되는 체계 아래에 있다. 이 분석 작업이 보람 있고 모양을 갖추기 위해서는 당연히 조병화 시의 기저에 기독교 의식이 일정한 수준과 분량으로 잠복해 있어야 마땅하다. 그러하다면 종교문학의 외양을 가진 기독교 소재의, 기독교 의식의 시를 탐색하는 것이 합당한 노력이 된다. 하지만 주지하는 바와 같이 조병화 시인은 기독교인이 아니었고 기독교 의식을 품은 채 살지도 않았다.

그렇다면 이 글은 그 바탕에서부터 미리 예비된 한계를 가지고 출발할 수밖에 없다. 다시 말해 조병화 시의 기독교 사상이나 기독교 의식의 추출이라는 과제가 종교문학의 구성 요소가 되는 '종교'와 '문학'이라는 두 인자의 탄력적인 접점에서 비롯되지 못하고 일반적인 기독교적 성향의 모색이라는 지점에서 시작되어야 한다는 것이다. 기실 기독교의 박애주의자나 사랑과 용서, 화해의 정신이란 어느 작품에서나 발견될 수 있는 터이다. 다만 조병화 시가 가진 보편적인 인간애, 인간이 가진 순수 고독과 허무, 지속적인 자기성찰 등이 기독교 의식과 소통될 수 있는 여러 측면을 가지고 있기에 이 글은 그 방향성을 따라 진척될 예정이다.

조병화 시인은 1949년 첫 시집 『버리고 싶은 유산』 이래 2002년 마지막 시집 『남은 세월의 이삭』까지 52권의 시집을 간행했고, 2005년 유고집 『넘을 수 없는 세월』을 포함하여 모두 53권의 시집을 남겼다. 한 시인이 창작한 시의 분량으로서는 보기 드문 다작이다. 각 시집의 발간 순서를 따라 기독교 의식을 보여주는 시편들을 살펴보면서, 그것이 어떤 경향과 의미를 갖고 있는지를 검증해보자.

2. 인본적 신관과 종교 지향성의 거리

모두 53권의 시집에 이르는 방대한 조병화의 시 세계에서, 기독교 의식의 발아를 엿볼 수 있는 지점은 제4시집 『인간고도』(1954)에 실려 있는 「회상의 계단」이라는 시편에서부터이다.

> 신이여
> 당신의 것인 생명이 가랑잎처럼 매달린 가슴을
> 이렇게
> 구멍진 낙타 외피에 싸고

53년

광란한 야경에 서서

푸른 회상의 계단을 서서히 내가 오른다

_「회상의 계단」에서

　여기서 시인은 처음으로 육성을 발하여 신을 부른다. 기독교에서 종교적 소통의 첫걸음은 절대자의 명호를 부르며 피조물의 존재를 고백하는 일이다. '스스로 계시는 하나님'이 처음으로 인간과 만나는 인격적인 이름이 '여호와'이다. 그런데 조병화의 인생 역정에서 김현승이나 구상이 만난 실체적인 신이 부재하는 형편이고 보면, 신을 부르는 한 마디의 언사는 단순 소박한 범신론적 차원에서 출발하는 것이다. 1953년, 3년의 전쟁을 겪은 "매몰한 육체"와 "방황하는 혼백"들이 "검은 다리를 멈추"는 푸른 회상의 계단은, 그 전쟁의 질곡을 넘어 영혼의 인식을 탐색하는 시 정신을 드러낸다.

　그의 신성 지향이 다시 시의 문면으로 부상하는 지점은 제5시집 『사랑이 가기 전에』(1955)에 실린 시 「나에게 잃어버릴 것을」에 이르러서이다.

이제 돌아갈 것을 돌아가게 하여 주시고

총총히 서 있는

잎 떨어진 나무 수리를 지나는 바람에도

생명을 알알이 감지할 수 있는

소리 없는 가을을 나에게 주십시오

　　　　　　문학으로 만나는 기독교 사상

기름진 미운 얼굴을 거두고
기도를 올린다는 것은 얼마나 어려운 일입니까

우수수 세월이 지나가는 나의 자리
검은 수림처럼 그대를 말없이

잃어버릴 것을 잃어버리게 하여 주시고
나에게 남을 것을 남게 하여 주십시오

_「나에게 잃어버릴 것을」에서

마치 릴케의 「가을날」을 읽는 것 같다. 기도는 범상한 인간이 신과 교통할 수 있는 유일한 수단이다. 그러므로 신앙의 절대자 지향성은 순복의 자세로 신에게 기도하는 행위로부터 말미암는다. 시인은 이제 기도의 형식을 익혔다. 삶의 분별과 생명에의 외경, 그리고 깨우침과 화해의 소망을 시에 담았다. 이 시인이 인간의 영혼에 대한 감각을 지닌 채 신을 부르고 기도를 올린다면, 외형적으로는 종교적 구도자의 기본을 갖춘 것이다. 그러나 그에게 서구 문명이 그 수혜자 일반에게 공여한 종교적 '세례'는 주어지지 않았다. 바로 이 대목에서 그가 기독교 소재의 시를 쓰고 기독교 의식을 품는다 할지라도 진정한 기독교적 종교성을 지닌 시인이 되기 어려운 분기점이 형성된다.

그러한 심층적 논의는 기실 조병화의 시 세계 전반을 통독하고 나서 거둘 수 있는 후감이다. 그렇게 정초되는 포괄적 의미망은 미상불 당시의 시인 자신도 예측할 수 없는 것이었다. 사정이 어떠하든 간에 시인은 제12시집 『쓸개 포도의 비가』(1963)에 도달하자 시집 전편에 걸쳐 아예 성서의 구절들을 맨 얼굴로 만나면서 성서 해석의 시를 쓰기 시작한다. 아마도 이때가 시인에게는 기독교 의식에 가장 깊이 침윤한 시기였을 것이다.

> 죽은 자처럼 네 곁에 있으리
> 죽은 자처럼 네 곁을 지나리
>
> 살아 있으면서
> 입을 열지 않고
>
> 죽은 자처럼 네 곁에 있으리
> 죽은 자처럼 네 곁을 지나리
>
> 살아 있기 때문에
> 살아 있기 때문에

_「산 자, 죽은 자」 전문

솔로몬이 쓴 전도서 제9장 "무릇 산 자는 죽을 줄을 알되 죽은 자는 아무것도 모르며……"를 모태로 씌어진 시다. 생명현상을 넘어가는 일은 종교를 종교이게 하는 핵심적 요소이다. 그 삶과 죽음의 경계선에서 솔로몬이 보았던 것은 산 자의 허무인데, 조병화가 인식하고 있는 것은 산 자의 존재 증명이다. 이 시집에 등장하는 사랑, 노여움, 지혜자 등의 핵심어들이 이후 조병화 시의 특화를 이루는 동어반복의 언어 운용에 실려 시집 한 권의 부피를 형성한다. 시력 10여 년의 과정을 거친 시인이 시집 한 권 모두를 성서 해석으로 채운 사례는 결코 간략하게 요약하기 어렵다. 거기에 시인의 종교적 세계관이 어떻게 얼마나 확장되어 있는가를 가늠할 수 있는 근거가 숨어 있기 때문이다. 그의 시가 기독교 신앙으로 충일해 있지 않다 할지라도 그와 관련된 검토를 게을리할 수 없는 이유이다.

조병화의 시를 통시적으로 고찰해볼 때, 다시 기독교의 종교성 문제가 수면 위로 부상하는 시점은 『쓸개 포도의 비가』로부터 27년이 지난 제34시집 『후회 없는 고독』(1990)에 이르러서이다. 이때 시인의 연륜은 고희(古稀)를 지나 있었다. 이를테면 인간으로서 혈기 방장하고 시인으로서의 움직임이 역동적이던 시기의 그는 기독교 종교성의 문제에 눈길을 던지지 않았다. 그 이전의 시편들 「2천년 고도 톨레도」(제26시집 『머나먼 약속』, 1983)나, 「나는 지금까지」(제27시집 『나귀의 눈물』, 1985)에서처럼 기독교에 대한 부정적 입장을 드러내거나, 「종교문답」(제29시집 『해가 뜨고 해가 지고』, 1985), 「입원일기—빈 자리」 및 「이승과 저승」(제30시집 『외로운 혼자들』, 1987)에서처럼 여러 종교를 동시에 언급하는 범신론적 태도를 보이고 있었다. 그리고 마침내 「사라예보」(제33시집 『지나가는 길에』, 1989)에서 "나는 영혼은 믿지만 종교는 믿지 않는다"고 자신의 복합적 종교관을 언표했다.

이는 앞서 「어느 회신」(제25시집 『안개로 가는 길』, 1981)에서, "시인은 그 생생한 스스로의 종교를 써야" 한다고 밝혔던 대목과 전혀 다르지 않다. 이 시절의 조병화는 기독교라는 특정 종교는 물론 모든 종교와 사상을 자기 구원을 향한 존재론적 방안으로 인식하고 있었을 뿐이며, 그러기에 모든 종교가 동일한 의식의 지평 위에 놓여 있는 상황을 연출한다. 그에게 종교는 인도주의, 생태주의, 평화주의 등 사회적 운동과 별반 차이가 없었다. 시를 쓰는 행위, 그를 통해 스스로의 사상을 세우는 것이 그의 종교였던 셈이다.

고희는 그 어의(語義)대로 예로부터 드문, 만만찮은 인생의 연륜이다. 세상을 바라보는 원숙한 시선, 자신의 내면을 바라보는 깊이 있는 성찰을 통해 시인 조병화는 보다 겸허한 마음의 자리에서 신과 인간, 신과 자신의 관계를 두고 거리 재기를 시도한다.

> 나의 고독은 나의 철학이지만
> 아직 도통을 하지 못하고 있다
>
> 혼자를 견딜 만한 인내도 없고
> 그걸 견딜 만한 힘도 없고
> 그저 철없는 어린이처럼 외롭기만 하다
>
> (……)
>
> 고독은 나의 철학,
> 종교로 가는 나의 길이지만
>
> _「나의 고독은」에서

> 모기의 생명이나 인간의 생명이나
> 무어가 다르냐
> 같은 조물주의 입김이 아닌가
>
> 그러나 모기엔 인간이 지니고 있는 영혼이 없다
>
> _「모기」에서

시인에게 '종교'나 '조물주'는 절대적 존재일 수 있으나, 그 무소불

위의 힘이 시인 자신에게 실제적 영향력을 공여하지는 않는다. 요컨대 그가 상정하고 있는 신은 자신의 삶에 개입하고 간섭하는 인격적 형용을 보이지 않는다. 그의 신은 자신의 시 세계 전반을 관류하는 '고독'의 다른 이름이거나, 모기와 인간의 생명을 동일하게 창조한 객관적 존재이다. 시인은 신이 인간에게만 '영혼'을 허락했다고 발화하지 않고, 단지 인간이 영혼을 가졌으므로 동물과 생명력의 차원이 다르다고 강변한다. 이 미묘한 인식 공간의 분할, 신과의 거리 재기는 1900년대, 곧 20세기 말에 생산된 그의 시 세계를 관통한다.

익히 알려진 대로 시인 조병화에게는 종교적 차원으로까지 승화된 '어머니'라는 존재가 있다. 그의 묘비에는 "어머님 심부름으로 이 세상에 나왔다가 이제 어머님 심부름 다 마치고 어머님께 돌아왔습니다"라는 자필의 문안이 새겨져 있다. 그의 시집 『어머니』는 1973년에 상재되었다. 경희대에 함께 재직한 번역가이자 신부(神父)인 케빈 오록 교수의 고향 '애란(愛蘭, 아일랜드)'을 찾아간 시가 「해후」(제35시집 『찾아가야 할 길』, 1991)이다. 그는 이 시에서도 '천주의 아들로서의 현존'과 '어머님이 가신 그 길'을 동일 선상에 병렬했다. 그의 고독과 영혼과 어머니는 서로 외형적 형상이 다를 뿐 내면에서는 동어반복의 모티프를 가진 개념들이다.

그러나 인간의 의지가 결부된 온갖 경물에 초월적이며 동어반복적인 존재성을 부여하던 그의 시심이 종교의식의 막중한 무게를 모두 견뎌내기는 어려웠을 것이다. 김현승이 '견고한 고독'이나 '절대고독'의 단계를 지나며 신에게의 복속을 예비했던 것은, 신의 전능에 대한 외경심을 끝내 저버리지 못했기 때문이었다. 절대고독과 절대허무의 시인, 감성의 극단을 배회하는 조병화에게 '이 미지의 불안, 경외의 감각'이 무딜 리가 없다. 더욱이 세상사의 이치를 주지하는, 칠순을 모두 채운 연륜에 이르러서야 더 말할 나위도 없겠다.

　　나의 작은 영원은
　　나에게서 끝이 나겠지만
　　이 광대무변한 영원은 어디서 끝이 나랴

　　이 광대무변한 영원 속에서
　　나의 영원은
　　실로 보일까, 말까 한 먼지로 떠돌다가

　　(……)

　　이제 이 이승에서의 마지막,
　　이별의 장소로 여겨지는 지금 이 저녁 노을

　　가을의 잎새들이 붉게 물들어가며
　　한 잎, 두 잎, 맥없이 떨어져가는 나무 아래서
　　나의 영원도 끝나려 하니

　　　　　　　　　　　　　　　　　　　_「나의 영원은」에서

　　참으로 우리만이 있었던 험한 산길
　　꿈만 같은 이승에서
　　저승은 이렇게 영원한 것이 아닌가,
　　그 빙원을 생각하고 있었습니다

우주라는 이루 헤아릴 수 없는 공간과

무궁한 시간 속에서

_「영원」에서

　　이 두 시편에서 보이는 '영원'은 일찍이 파스칼이 『팡세』에서 "이 우주의 무한한 침묵은 나를 두렵게 한다"고 말하던 바로 그 심연의 존재론적 인식에 해당한다. 저녁 노을이 비친 가을 잎새에서 자신의 생애에 내재된 협소한 한계를 바라보는 시인, 험한 산길을 차로 넘으며 이승과 저승 사이의 순간적인 시간을 생각하는 시인이 거기에 있다. 이러할 때 시인의 종교적 의식은 신의 이름을 부르지만 않았을 뿐, 그 존재 자체를 부인하지 못한다. 만약에 그렇지 않다면 그에게서 두려움도 회한도 또 이처럼 절박한 시도 설 땅을 얻지 못했을 것이다.

오, 9월이여

가을의 높은 기별이여

기도하는 자들에게 너그러움을 내려주소서

모진 그 태풍도 사라져가고

남은 우리들에게

피서지의 가을 같은 가을이 온다

_「가을의 기별」에서

꽃은 조물주가 사람에게

'존재의 위안'으로

먼 별밭에서 내려주신 사랑

꽃으로 하여 이 세상은

눈을 뜨며

사랑을 호흡하옵니다

_ 「꽃」에서

이 두 시는 1992년에 나온 제38시집 『다는 갈 수 없는 세월』에 실려 있다. 계절이 변환하는 곳에서 기도하는 자들에게 너그러움을 내려줄 수 있는 신, 사람에게 존재적 위안으로 먼 별밭으로부터 꽃을 내려줄 수 있는 신이 드디어 그의 시적 의미망 속으로 진입했다. 그는 마침내 신에게 내어줄 자리를 마련하고 직접적인 명호를 사용하진 않았으나 신의 이름을 불렀다. 비록 그 육성이 신성에 대한 종교적 경배에 이르지 못했다 할지라도, 단순한 인식의 자리와 실질적 호명의 자리는 매우 차원이 다르다. 이렇게 신에 근접하는 시적 행위와, 여전히 그의 세계에 관습화되어 있는 인본주의적 신관 사이에 이 시인의 종교의식이 서식한다.

이 땅에서 신을 믿는 모든 사람들에게 공통된 신앙의 방정식은 신을 부르며 그 전지성에 비추어 자신의 단처나 치부를 드러내는 아주 단순한 수식(數式)에서 출발한다.

나는 당신의 푸른 초원에 가물거리는

예정된 해후의 아지랑이

피어올라도 피어올라도

다는 채울 수 없는 푸른 초원

당신은 끝이 보이지 않는 나의 하늘이옵니다

_ 「예약된 인연」에서

이 "당신"이 "나의 하늘"임을 진정성 있게 수긍할 때, 시인, 아니 모든 고백의 사람들은 분주해진다. 「나의 사랑, 하나」, 「나의 사랑, 둘」, 「나의 사랑, 셋」, 「나의 사랑, 넷」(제39시집 『잠 잃은 밤에』, 1993)과 같은 시편들은 모두 일상 가운데 있는 여러 절목을 동원하여 부끄럽게 살아온 자신의 삶을 반성하고 있다. 이 반성 또는 회개를 거쳐 인간이 신성의 제례에 참여할 수 있고, 그 과정이 신에 대한 감사로 치환되는 기독교 신앙의 범례가 조병화 시에 깃들고 있는 셈이다.

우리의 사랑은 맑은 공기처럼
긴 세월을 서서히
살아가는 맑은 호흡이옵니다

고요히 흘러가는 세월에
고요히 흘러가는 사랑,
시가 되고, 수필이 되고, 그림이 되고,
예술이 되는 맑은 호흡,

아, 조물주여 감사합니다

산다는 것은 사랑하는 것이요,
생각하는 것이요,
새로움을 찾아가는 것이요,
내일을 찾아가는 것이요,

이렇게 우리의 사랑은

하루하루를 즐겁게 이겨가는

맑은 공기이며, 맑은 호흡이옵니다.

_「우리의 사랑은」 전문

이렇게 '감사'와 '사랑'을 조물주에게 바칠 수 있다면, 시적 화자가 적어도 신앙적 자세만큼은 제대로 가다듬었다 할 수 있다. 거기서 한 걸음 더 나아가면, 신의 권능은 무한하고 자신의 입지는 궁벽하다는 사실을 마음의 중심에서 기꺼이 토로할 수 있게 된다. 1994년에 나온 제41시집 『내일로 가는 밤길에서』에 실려 있는 시 「당신은 수시로」에서는 신의 권능에 대한 고백이 담겨 있다. 여기서의 신은 수시로 '나'를 비참하게 만들기도 하고 황홀하게 만들기도 한다. 무력과 생기, 무정과 다정, 견디기 어려운 긴 밤과 빛나는 맑은 아침이 모두 신의 양면적 모습이다.

이를 성서 로마서의 비유로 전화하면, 그 양면을 주관하는 토기장이 앞에서 인간은 그저 토기일 뿐이다. 하지만 근본적으로 인간중심주의의 사상으로 무장해 있던 조병화의 시 세계가 김현승이나 구상이 그러했듯이 오체투지 순종의 행로를 걸어가기란 당초부터 무망한 노릇이었다. 종교적 의식이 심화되는 만큼 일상성의 감성도 활성화되고, 이 양자는 조병화 시에 긴장과 탄력을 부여하는 양질의 구성 요소로 기능한다.

지구가 보이지 않을 정도로 오르면

천국이 있으려나

있다 해도 어찌, 그곳까지 오르리

이 무거운 업보로

훨훨 버려도

다는 버릴 수 없는

인간의 이 외로움

그것에 묶여서 나는 아직도 이곳을 돕니다

이곳은 지상 몇층이나 될는지

까마득히 내려다보이는

사람의 세계,

지구가 보이지 않는 정도로 오르면

천국이 있을는지

_ 「옥상으로 오르며」 전문

    인간의 탑인 옥상으로 올라가면서 지상과 천국 사이의 거리를 가늠하는 시적 화자는 진지한 자기 성찰의 공간을 구성한다. 인간으로서의 업보, 외로움에 묶여 있을수록 천국의 계단은 높아 보이겠지만 그 업보가 있어야 천국의 의미가 실감을 더한다. 1996년 제43시집 『서로 따로 따로』에 실린 「약한 인간이기 때문에」에서는 그 상거가 명료하기 때문에 오히려 '운명의 신'에게 드리는 기도가 절실해진다. 같은 시집의 「내가 이곳까지 온 것은」에서는 '당신이 있는 곳까지'가 너무나 멀기 때문에 '내가 이곳까지 와서 머뭇거리고 있다'고 진술한다.

3. 만년의 시편, 성숙한 '숨은 신'의 세계

기독교 신앙의 근원에는 신이 인간을 창조하였고 인간이 신의 피조물이므로 그 뜻에 순종하는 것이 축복된 삶이라는 전제가 확립되어 있다. 앞서 언급했듯 '여호와'는 신이 인간과 인격적 관계를 맺기 시작한 이후의 이름이며, 따라서 신과 인간의 건강한 관계는 '아버지'와 '자녀' 관계로 설정되는 것이 온당한 구도라 할 수 있다. 조병화 시인의 시적 경향과 종교의식을 두고 살펴볼 때, 자신을 '당신의 아들'이라 명문화하는 것은 매우 진전된 전방 지점을 표시하는 일에 해당된다.

운명 앞에 서 있습니다
더 가혹한 날의 그 운명을 얘기하면서
당신 앞에 말없이 서 있습니다

운명 앞에 긴장을 하고 있습니다
더 비통할 그날의 운명을 예감하면서
당신 앞에 엄숙히 서 있습니다

아, 다가오는 그 나날을 이렇게
그날의 운명의 모습을 그리면서
당신 앞에 나를 텅 비워 놓고 있습니다

나는 이렇게 걷잡을 수 없이 약한
당신의 아들인 것을

_ 「운명」 전문

1997년의 제46시집 『황혼의 노래』 서두 부분 표제작 「황혼의 노래」에서는 긴 호흡으로 신을 '당신'이라 부르며, 신과 자신의 관계에 대해 여러 방향으로 조명해본다. 그러나 우리가 여기서 이미 살펴본 대로 그가 펼쳐놓은 신의 영역은 기독교의 절대자에 한정되지 않고 석가, 공자, 소크라테스에 미치며 더 멀리는 자신의 어머니에게까지 확장된다. 따라서 그의 종교의식은 범신론적 다원주의를 띠며, 더 엄밀히 말해 이 범신론의 의식은 궁극적으로 인본주의의 소산이거나 무신론자의 별칭이 되고 만다. 그것이 조병화의 시 세계가 가진 종교의식 형상이요 특성이며 일종의 한계이다.

여기서 한 가지 더 중요하게 짚어두어야 할 논점이 있다. 종교적 범신론의 수용은 불교에서는 대체로 관대하고 천주교는 지나치게 야박하지 않은 편이나 개신교에서는 신앙의 성립을 판정하는 첫 번째 항목이라는 점이다. 종교학에서 불교를 상향 종교요 보편타당성의 종교로, 기독교를 하향 종교요 절대타당성의 종교로 구분하는 것은 바로 그러한 이유에서이다. 기독교의 십계명은 "너는 나 외에는 다른 신들을 네게 두지 말라"로 시작한다. 그러기에 범박한 차원의 기독교 의식으로는 조병화의 시가 신과 인간의 존재론적 위상을 지속적으로 탐문하는 형식을 갖고 있으나, 기독교 원론주의에 입각해볼 때는 그 신앙의 핵심에 육박하지 못했다는 평가가 도출되는 것이다.

그럼에도 불구하고 시인 조병화는 그의 시작(詩作) 마지막 단계에 이르기까지 끊임없이 신적인 신성, 종교적 믿음의 지경에 자신을 투척하는 오랜 관행을 포기하지 않는다. 신과 시인의 상관성이 그러한 만큼, 그 상황을 일목요연하게 정돈한 시가 2001년의 제50시집 『고요한 귀향』 가운데 있다.

신과 사람은 기도로 이어지며
사람과 사람은 사랑으로 이어진다

그리고 너와 나는 그리움으로 이어지며
기도와 사랑, 그 세월로 이어진다

_「신과 사람은」전문

　이 짧은 시의 문면상으로는 "기도"의 공간과 "사랑"의 공간이 각기 신과 사람의 영역으로 잘 분별되어 있다. 실제로 기독교에서 신과 인간의 관계만큼 사람과 사람의 관계가 소중하다고 보고, 앞선 관계가 이루는 수직의 축과 다음 관계가 이루는 수평의 축이 교차하는 그 자리, 곧 십자가에서 예수의 희생이 있었다고 본다면, 인간 상호 간의 관계가 결코 소홀할 수 없는 요목이 된다. 이 양자는 기독교 원론주의의 선험적 인식 아래 베풀어진 실천 항목이요, 동시에 구약의 시대에서 신약의 시대로 넘어가는 분기점을 이룬다.

　다만 조병화의 시는 그 외양이 어떠하든 간에 수평의 축에 무게중심을 두고 수직의 축을 계측하는 방향성, 기독교 원론주의의 시각으로 볼 때는 전도된 방향성을 가지고 있는 형국이 된다. 그러니까 20세기 말경인 1999년, 강력한 태풍이 몰아쳤을 때 신은 숨어 있는 존재가 된다.

강한 사람이나 믿는 사람이나
목소리 높은 사람이나 목소리 낮은 사람이나
다스리는 사람이나 다스림을 받는 사람이나
속수무책,

도도히 흐르는 흙탕물결 일색이어라

아, 아무렇지도 않아 보이던
저 약한 것들이
이렇게 막강한 힘으로 들이닥치니
오, 신이여
당신은 어디에 숨어계십니까

_「약한 것들의 힘」에서

   프랑스의 문예이론가 골드망의 저서 『숨은 신』에서는 구약 시대에
불기둥과 구름 기둥으로 친히 이스라엘 백성을 인도하던 신이 신약
시대에 와서는 구름 뒤로 숨어버렸다고 기술한다. 구름 뒤에서 인간
의 삶을 평가하고 판단하지만, 직접 개입하거나 간섭하지 않는 '숨은
신'이라는 의미이다. 그러한 신의 모양은 지금 여기서 시인이 보고 있
는 모양과 동일하다. 하지만 기독교 원론주의에서 구약의 신과 신약
의 신은 서로 변별되는 존재가 아니며, 이는 골드망 또는 조병화의 사
유와 전혀 다른 논리적 토대 위에 서 있는 것이 된다.
   말년의 조병화에게 신은, 누구에게나 그러하겠지만, 의지하고 위
안을 주는 대상으로 점차 변모해간다. 시인은 병든 세상에서 신을
찾고(「어느 나그네의 예언」, 제50시집 『고요한 귀향』, 2001), 분단 현실에
서 신을 찾고(「신의 존재를」, 앞의 시집), 곤충의 신음 소리에서 신을 찾
는다.(「곤충들의 신음소리」, 앞의 시집). 순진하고 정직한 자의 고난을 기
록한 욥기를 읽는가 하면(「욥기를 다시 읽으며」, 제51시집 『세월의 이삭』,
2001), 기독교 공원 묘지를 관조하면서(「어느 기독교 공원 묘지」, 제52시집
『남은 세월의 이삭』, 2002)보다 수준 있는 신앙적 세계관의 성숙을 보여준

다. 2005년에 나온 유고 시집 『넘을 수 없는 세월』에 실린 「하늘에도 사다리가」에는 그 입체적 변모의 결과가 잘 드러나 있다.

하늘에도 반드시 사다리가 있어

하늘에도 사람의 눈으로 보이지 않는
긴 사다리가 내려져 있어

그러기에 이 세상에서 착한 일 많이 한 사람에겐
그 사다리가 잘 보여서 하늘로 가지
평생을 하늘님의 말 잘 들은 사람에겐
그 사다리가 잘 보여서 하늘을 오를 수 있지
일생을 부지런히 하늘님의 심부름 잘한 사람에겐
그 사다리가 잘 보여서 하늘로 올라가지

_「하늘에도 사다리가」에서

조병화의 '하늘님'은 그가 이 시를 쓴 2002년 8월로부터 7개월 뒤에 그를 하늘로 불렀다. 그는 과연 어떤 사다리를 타고 그 길을 갔을까. 그리고 그의 일생을 끌어안고 있는 53권의 시집 가운데 여러 형상으로 숨어 있던 신은 80년의 생을 마감한 그의 다음 세상을 어떻게 열어 주었을까. 아무도 모를 일이다. 또한 그것을 아는 것은 시의 본분이 아니라 종교의 책무일 뿐이다.

1970년대를 풍미한 시인 김지하가 1960년대 우리 시의 한 획을 그은 시인 김수영을 비판하면서 쓴 1970년의 이름 있는 평문 「풍자냐 자살이냐」에는 그 방법론에서 조병화의 기독교 의식을 판단해볼 만한 유의미한 비교 구조가 있다. 김지하는 김수영이 민중을 희화화하며 언어 파괴와 폭력을 통해 풍자시의 한 수범을 이루었으나, 그 풍자의 방향성이 지배 계층을 향하지 않고 민중 자신을 향하고 있으므로 이를 비판적으로 계승해야 한다고 주장했다. 그리고 그 이유로 김수영 자신이 민중으로 살지 않았기 때문이라는 진단을 제기했다.

조병화의 시 또한 그렇다. 그가 기독교 의식을 그토록 무수히 드러 냈음에도 그 본질의 천장을 치지 못한 것은 그가 기독교인이 아니었 기 때문이다. 그런 연유로 그의 시는 기독교 의식의 정화(精華)가 선사 할 수 있는 새로운 개안(開眼)이나 관점의 승급을 도모하지 못했다. 그 러나 그의 생활 서정 또는 일상성의 시적 발현이라는 성향에서, 그가 끝날까지 추구했던 종교적 인식의 문학적 형상화는 그 자신의 시가 사상성의 범주를 확장하고 예술성의 차원을 고양하는 소중한 실과들 을 수확하게 했다.

여기에 해당하는 그의 시편들은 '기독교 시'는 아니라 할지라도 '기 독교적 시'였다. 그의 시가 마련하고 있는 신의 보좌에 여러 유형의 신들이, 때로는 그의 어머니가 좌정하기도 했지만, 그에게 중요한 것 은 그 보좌를 전제한 삶의 성실성이요 지속성이며 그에 대해 발설하 는 간구의 표현이었다. 이와 같은 독특한 측면 때문에 기독교 의식을 배경에 둔 시인 조병화의 경우는 한국문학사에서 이 부분을 천착한 다른 시인들과의 연관 관계를 향후의 검토 과제로 남기고 있다.

시와 신앙의 악수 또는 행복한 글쓰기

신영춘의 시집 『천』에 덧붙여

1. 신앙과 시의 값있고 조화로운 만남

이 글은 목회자이자 시인인 신영춘의 두 번째 시집 『천』을 설명하는 소임을 맡고 출발한다. 종교와 문학, 신앙과 시는 얼핏 빙탄불상용의 형용으로 함께 조화를 이루기 쉽지 않은 절목들이다. 그 외형적 길항을 넘어 양자가 화해롭게 조응하는 영역을 확보하려면 그 시의 문면이 어떠해야 할까. 또한 그 시가 미학적 가치를 담보하고 유다른 감응력을 확장하기 위해서는 어떤 모습이어야 할까.

　신영춘의 시는 '목사 시인'이라는 명호 그대로 기독교적 세계관 위에 서 있다. 기독교적 세계관은 그대로 하나의 커다란 사상이요 또 사상적 계보를 형성하고 있는 셈이어서, 신영춘의 시가 적어도 이 대목에서는 풍성한 사상성의 광맥을 끌어안고 있다는 사실을 미리 공표해 둘 수 있다.

　　　　　문학으로 만나는 기독교 사상

기독교적 사상성을 작품의 원동력으로 마음껏 활용할 수 있는 시인, 이를테면 신영춘 시인과 같은 경우는 행복한 문인에 해당한다. 종교와 문학이 조화롭게 악수하고 포옹할 때 우리는 행복한 글쓰기, 행복한 독서 체험을 약속받는다.

신영춘의 시에서 종교적 성향이 어떻게 문학성을 북돋우고 있으며, 또 그의 문학이 어떻게 신앙고백과 실천의 차원을 거양하고 있는가를 살펴보는 것이 곧 이 글의 과제다.

2. 신영춘 시의 '패턴'과 발화 방식

1993년에 첫 시집 『들꽃 소담한 고향길』을 상재한 시인 신영춘은, 그로부터 근 10년의 세월을 두고 두 번째 시집 『천』을 우리에게 보여주고 있다.

그 고향길 위의 시인은 확고한 '신앙인'이었고, 또 그만큼의 강도(強度)와 분량으로 '시인'이었다.

마치 저 조선조 초엽의 의기(義氣) 성삼문이 투사이자 '동시에' 시인이었던 것처럼. 그리하여 그의 충절과 시혼이 함께 상승하며 빛을 발했던 것처럼.

첫 시집이 수록된 그의 시들은 마치 부활절 전에 행하는 테니브리(tenebrae, 부활절 전주 최후 사흘간 행하는 그리스도 수난 기념의 조과 및 찬미가)의 기도문 낭송과 아침기도처럼 경건한 시상을 놓치지 않는다. '동시에' 그의 시들은 강변과 고향과 겨울과 새벽을 노래하는 자유로운 상상력을 위축시키지 않는다.

이 양자를 함께 끌어안고 있음으로써 그것을 가능하게 하는 순정한 신앙과 순정한 시심(詩心)을 조화롭게 포괄함으로써, 그의 시는 스스로의 길을 열었다. 이 시적 발화 방식과 모티프는 그 장점을 그대로 살려 두 번째 시집으로 이어진다. 그것이 왜, 어떻게 그러하며, 그러함의 양태가 시의 실제에 적용된 현상이 무엇인가를 주의 깊게 살펴보려 한다.

다시 앞서 언급한 성삼문에게로 돌아가보자. 그가 '시인'이 아니었으면 진정 '투사'일 수 있었을까? 물론 그의 투혼이 그의 시에 높은 값을 매긴 것은 사실이로되, 이 역사적 인물 성삼문의 출발은 의식의 견정함과 내면세계의 확장을 전제하는 시인의 자리였다. 우리의 신영춘도 그렇게 먼저 시인의 자리에 선다. 제1부 '어머니의 밭'에 실린 시들이 바로 그 자리의 모습이다.

> 굽이 도는 푸른 강 위로
> 눈발이 점점이 내리고 있습니다.
>
> 엊그제 엄씨는
> 강을 건넜습니다.
>
> _ 「강에 내리는 눈」에서

이 시편들에서 시인의 정서적 고향은 단연 "엄씨", 어머니이다. 그 어머니가 건너는 강은 굽이 도는 길고 푸른 강이다. "언제나 아무 일도 없었던 것처럼" 자기 길을 가는 강, "눈발이 점점이 내리는" 강이다. 때로 어머니는 "검푸른 산자락에 등굽는 소나무 한 그루"(「어머니 밭」)가 되어 강을 내려다보는 포즈로 치환되기도 한다.

어머니가 마주 선 강은 무엇일까?

"자식 걱정"으로 세상을 내다보는 그 눈길 앞에 굽이굽이 펼쳐진 세상사의 곡절들일 터이다. "병든 노모"의 서러운 울음, "나는 괜찮다"고 한사코 내젓는 손사래질……. 이 모든 것들의 주인인 어머니는 그러나 그 정황이 치열한 만큼 그 속에 숨긴 에너지 또한 치열하다.

시인은 그러한 어머니의 이름을 "들꽃같은" 또는 "그리운" 어머니로 불러주고 있다. 시인에게 있어 그 어머니는 그냥 이름이 아니라 가장 절실하고 절박한 상념이다.

> 새벽마다
> 잠 못 이룬 바람은
> 무릎을 꿇었습니다.
> (……)
> 동산 중턱에 자리잡은
> 자그마한 예배당으로
> 몸을 낮추었습니다.
>
> _「무릎 꿇은 바람」에서

지금 예배당에 무릎 꿇은 "바람"은 누구일까? 시적 화자가 바라보는 이 패배의 서러움과 두려움의 침묵 그리고 회오의 시간에 침잠한 바람은 시인 자신의 자화상일 수도, 시인이 목양의 진분(盡分)으로 돌보아야 할 대상들일 수도 있다.

그들에게 "적막을 깨는 종소리"는 "언덕 위의 교회"의 새벽 동산에서 "새들이 토해내는 보석들의 소리"라는 뜻과 다르지 않다.

이 소리들은 예배당 뒷동산에서 들리는 기도 소리나 밤새 웅얼거리다가 "결국 새벽녘에 하늘을 여는"(「하늘을 여는 빗소리」) 지경에 도달한다. 빗소리가 보여주는 하늘, 그 하늘이 열리니 "눈물과 빗물의 경계"가 없어진다.

이 새로운 은혜의 각성으로 인도한 힘, 그것은 밤을 새운 기도 소리였다. 시인은 "무슨 서글픈 사연이 있었는지 하늘도 울었다"고 적었다. 하늘의 눈물인 빗줄기와 시인의 눈물이 하나 되는 그 귀도(歸道)와 합일의 순간, 그것은 신앙적 체험만이 가질 수 있는 희열과 감격의 순간이다.

제3부 '카타콤베에 볕이 들 때'는 성견적(聖見的) 체험이 전면에 등장하고 신앙고백의 수준도 훨씬 강화된다. 아마도 시인의 성지순례 행적을 반영하고 있을 것이며, 성경에 기록된 그 현장의 역사성이 영적 떨림으로 전화한 시편들이다.

제4부 '잔치 이후'는 목회자로서 일찍이 절대적 소명으로 부여받은 그 길에 정성과 열심을 다하는 일상을 표현했다. 기실 이러한 대목에서는 수다한 언어적 수식보다 그의 시 한 편 한 편을 진중하게 음미해 보는 방법 이상의 최선이 없다.

이와 같은 과정들을 통하여, 우리는 시인 신영춘이 시와 더불어 얼마나 효과적으로 그리고 얼마나 절절하게 믿음을 지키며 이를 목회로 실천하는 그 마음을 담아내었는지 목도할 수 있다. 시는 그에게 또 하나의 목회이다.

그러나 시가 목회의 수준에 육박한다고 해서 시가 시이기를 포기해서는 그 효력을 지켜낼 수 없다. 이 시인은 이 점을 명민하게 알아차리고 있다.

제5부 '기다리는 나무'나 제6부 '독목(禿木)에 입힌 눈'에서, 나무와 계절과 자연의 풍광을 통해 다시금 공여하는 유장한 상상력, 다시금 매설한 시적 친화력이 바로 그 증빙이다.

아직도 그대는 어린 가지로

해맑게 웃고 있으니

그대 이름은 큰 나무

_「큰 나무」에서

"오랜 풍상을 겪으며 (……) 따사로운 봄기운을 기다리며 아름다운 눈빛을 잃지 않는" 나무를 바라보며, 어린 가지에서 큰 나무의 역설적 의미망을 발굴하는 시인의 정신은 맑고 신선하다. 그는 이 싱그러운 서정성의 반석 위에 신앙의 첨탑을 세웠다.

3. 시의 이름으로 걷는 신앙의 들꽃 길

지금 추위와 온기의 긴장으로

숲에서는 묵은 잎사귀 떨어지는

소리가 고독으로 자리 잡고 있습니다

이 긴장 속으로 떨어진

사랑의 언어 아

비로소 겨우내 죽어 지내던

생명들로 무덤을 열게 합니다

_「기다리는 계절」에서

낙엽 지는 소리에서 중생의 모티프를 발견하는 시인에게, 계절과 자연은 모두 하나님의 '일반 계시'로 기능한다. 그것은 시인이면서 목회자인 그의 신분적 특권이다. 그것이 어느 한편으로 기울지 않고 슬기로운 균형 감각을 유지하고 있을 때 비로소 그는 '목회자 시인'이다.

만약 그가 시인의 이름과 얼굴을 하나의 치장으로 둘러쓰고 있었다면, 그에게서 전달되어 오는 영혼의 떨림은 없었을 터이다. 만약 그러한 상황이었다면 그것은 또한 그의 영성을 깊이 있는 차원으로 이끌지 못했으리라.

생각해보라. 그 가슴 떠는 시인의 숨은 진실이 값비싼 대가 없이 그저 얻어지는 것이겠는가? 제7부 '화곡 가는 길'은, 그가 오래 비장해 두었던 생각들의 굽이굽이와 그것들을 들추어보는 어려움을 노래한다. 그리고 그 곡절과 곤고를 딛고서 이윽고 나아가야 할 '길'을 제시하려 한다. 신앙인으로서의 그는 예언자여야 하기 때문이다.

「저녁 바닷가에서」, 「지는 석양 속에서」, 「깊이가 없는 어두움」 같은 시의 제목들은, 이를테면 저 옛날 파스칼이 당착했던 그 심정적 단계와 그것을 넘어서는 과정에 이름을 부여한 경우이다.

시인은 그 과정을 거치면서도 끝내 "지는 석양 속에서 들려오는 태초의 말씀"(「지는 석양 속에서」)을 놓치지 않는다.

그에게 확연히 '돌아갈 길'이 있는 까닭에서이다. 그래서 "우리는 조금씩 아주 조금씩 사랑을 만들어 왔으며"(「우리는 조금씩」), "산과 산 땅과 하늘을 잇는 당신"(「다리 1」)을 다리로 하여, "시작도 끝도 아닌 중간지대"(「다리 2」)인 그 다리 위에 서 있는 것이다. 그리고 "지금 우리는 다리를 건너야" 할까? "다리"가 된 "당신"을 건너가면 무엇이 있을까? 시인은 그 새로운 땅에 「들꽃을 위한 변주곡」이란 제목의 시로 자신의 언어를 내걸었다. 그런데 제목이 어딘가 우리에게 낯익지 않은가? 그렇다. 그의 첫 시집이 『들꽃 소담한 고향길』이었다.

머언 발치서

한 걸음씩 다가오는

육중한 소리

운명으로 받아들여야 할

깊은 사랑의 소리

내가 올 때까지

기다리라는

엄정한 언약의 소리

_ 「들꽃을 위한 변주곡」에서

사랑과 언약의 소리를 향해 나아가는 그의 길, 방향과 목표가 분명한 그의 길 길섶에는 들꽃들이 소담했다. 그 들꽃들은 그의 침윤하지 않은 시심이었으며, 때로는 떨기 꽃으로 때로는 무리 꽃으로 시의 그릇에 소담스러운 믿음의 보석들을 담아내었다.

신영춘은 시와 신앙을 하나의 시적 틀거지 안에 함께 묶은 행복한 글쓰기의 주인공이다. 그런데 이 행복한 감정은 전염성이 강하다. 우리는 그의 시와 더불어, 종교문학이 고색창연한 전통으로 지켜온바 문학과 종교의 아름답고 성숙한 포옹에 참여한다. 그럴 때의 우리는 행복하다.

이 작고 소중한 행복감으로, 그리고 따뜻한 성원을 담은 깊은 눈빛으로, 우리는 다시 또 그의 시를, 그리고 영혼을 사랑하는 그의 신앙적 실천을 지켜볼 것이다.

3부

기독교 문학의
어제와 오늘

개화기 천주가사의 세계

새로운 연구 방향의 모색을 위한 시론

1. 천주가사에 대한 연구와 그 방향성

이 글은 개화기 천주가사의 의미 영역과 작품 세계를 개괄적으로 살펴보고, 이를 통해 종교와 문학의 상관성이 형성한 천주가사의 의의와 역할을 구명하는 것을 목표로 한다. 주지하는 바와 같이 천주교는 기독교의 구교이며, 관례상 개신교를 구교와 구분하여 기독교로 호칭하고 있다. 따라서 종교와 문학의 관계를 검토하기 위한 서론에서는 그 명칭을 범박한 의미의 기독교로 사용하기로 한다. 기독교 문학은 종교문학의 한 분야이다.

 벌써 2세기를 넘어선 전교 역사를 가진 기독교 구교의 초기 천주가사는 개화기에 산출되었다는 점, 그 시기의 문학적 장르로서 가사 형식을 빌리고 있다는 점, 각박한 시대적 환경 속에서 생명을 담보로 한 전교의 사명을 추구했다는 점 등 독특한 성격을 보이고 있다. 그 가운데서도 문학적 표현으로서의 가사와 전교 방안으로서의 종교성이 결합하는 양상은 개화기 종교문학의 한 범례로서 주의 깊게 관찰할 가치가 있다고 본다.

천주가사의 목적론적 창작 의도나 개화기 가사의 평이한 운율에 의한 표현 방식 등으로 인해, 이에 대한 연구도 자료 정리에 국한된 경향이 많았다. 단순한 자료 소개에 그친 연구가 있는가 하면 종교적인 면, 문학적인 면, 음악적인 면의 한정적 주제에 따라 연구되어오다가 오숙영, 하성래 등의 연구자에 이르러 본격적인 작품 연구가 시작되었다. 오숙영은 음악적인 측면에서 천주가사를 심도 있게 고찰[1]하는 성과를 거두었고, 하성래는 작품 분석에 관한 몇 차례의 논문을 거쳐 이를 집대성한 단행본 『천주가사연구』[2]를 상재하였다.

신학적으로 조명한 연구로는 민중 의식의 시각으로 천주가사를 본 김진소[3]와 기존 종교와의 영향 관계를 연구한 조신형[4]의 연구가 있다. 문학적으로 접근한 연구로는 『경향신문』에 발표된 41편의 작품을 중심으로 문학으로서의 내용과 형식적 특성을 다룬 심재근[5]과 『경향잡지』에 실린 42편의 작품을 고찰한 진연자[6]의 연구가 있다. 그리고

---

1) 오숙영, 「천주교 성가가사고—최도마 신부의 성가를 중심으로」, 숙명여자대학교 대학원 석사학위논문, 1971.

2) 하성래, 『천주가사연구』, 성황석두루가서원, 1985.

3) 김진소, 「천주가사 사상연구 시론」, 『최석우 신부 회갑기념 한국교회사논총』, 한국교회사연구소, 1982.

4) 조신형, 「조선 후기 천주가사에 관한 신학적 고찰」, 가톨릭대학교 대학원 석사학위논문, 1994.

5) 심재근, 「천주가사연구」, 원광대학교 대학원 석사학위논문, 1982.

6) 진연자, 「천주가사연구」, 한남대학교 교육대학원 석사학위논문, 1992.

음악적인 측면의 연구로는 앞서 언급한 오숙영의 연구 외에도 경상도 내의 구전 천주가사를 중심으로 초기 천주교 교회음악을 연구한 최필선[7]의 연구가 있다.

또한 1997년 천주가사에 대한 총체적인 연구로 박사학위를 받은 이경민[8]의 연구와 2000년대 이후 상당한 활기를 띠기 시작한 윤미영[9], 김인혜[10], 이혜정[11]의 연구가 주목되고, 2003년 「한국 현대 시에 나타난 기독교 정신 연구」에서 천기수[12]는 천주가사를 한 항목으로 다루고 있다.

이상에서 살펴본 연구 서지들은 대체로 학위논문이 주류를 이루고 있으며 천주가사의 내용과 형식 전반을 다루거나 아니면 종교, 문학, 음악적인 면을 중점으로 다루거나, 그 수준이 자료 제시와 그에 대한 분석적 의견을 제시하는 정도에 머문 것이 대부분이다.

앞으로 이 분야의 연구가 더 진척되고 성과를 거두기 위해서는 당대의 시대적 상황과 기독교의 관계를 보다 면밀하게 탐색하고 기독교의 교리와 시대 현실의 접목을 정치하게 검토하는 등, 종교와 문학의

---

7) 최필선, 「초기 한국 가톨릭 교회음악에 대한 연구」, 동아대학교 대학원 석사학위논문, 1989.

8) 이경민, 「천주가사 연구」, 전남대학교 대학원 박사학위논문, 1997.

9) 윤미영, 「박해시대 천주가사(교리)와 서한 연구를 통한 최양업 신부의 영성」, 서강대학교 수도자대학원, 2000.

10) 김인혜, 「18세기 말 천주가사와 벽이가사 연구」, 연세대학교 교육대학원 석사학위논문, 2001.

11) 이혜정, 「천주가사의 저작 배경과 내용의 변화」, 『종교연구』, 2004 봄, pp.391-420.

12) 천기수, 「한국 현대시에 나타난 기독교 정신 연구」, 영남대학교 대학원 박사학위논문, 2003.

두 축이 하나의 의미로 형성되는 상관성에 보다 유의해야 할 터이다. 그러하기 위해서는 가사라는 문학 장르의 성격과 시대적 기능, 거기에 탑재된 천주가사의 의미와 목적론적 효용성 등이 함께 연구되어야 할 것이다.

2. 천주가사 출현의 의미와 시대적 배경

우리나라에서 천주교의 시발은, 1610년 허균이 중국에서 천주교의 기도문인 『게』 12장을 가지고 온 시점인 것으로 알려져 있다. 1614년 이수광이 『지봉유설』에서 마테오 리치의 『천주실의』를 소개하고 이익이 이를 논평하는 등 실학파와의 관계에서 알 수 있는 바와 같이, 천주교는 전통적 관습이 편만한 조선 사회에 처음부터 실사구시의 새로운 시대정신을 유포하며 등장했다. 교육, 출판, 특히 성서의 번역과 발간 등 천주교의 초기 전교 사업은 서민층의 언어인 한글 발전에 기여하고 서민 의식의 성장을 돕는 기능을 발휘하기도 했다.

첫 세례를 받은 이승훈과 조선 교회 창설에 헌신한 이벽, 초기 입교자인 권일신 · 권철신 · 정약용 · 정약종 등과 자신의 집에 예배처를 마련한 김범우 등이 우리나라 천주교의 주추를 놓았다. 1869년 극심한 탄압으로 말미암아 외국인을 포함한 9인의 신부와 8000여 명의 교인이 순교하는 처참한 역사를 시작으로, 초기 천주교는 한편으로는 신앙심을 부양하고 다른 한편으로는 지속적인 전교를 실행하려는 사명감에 충일해 있었다. 천주가사는 바로 이러한 시대적 상황과 교회 내부적 요청에 의해 발현된 문학 형식이었다.

유학의 전통적 가치관이 서민 대중에게 미치는 절대적인 영향력이 점점 쇠퇴하고 실학사상이 실질적 삶의 국면에 소용되는 가치관을 중시하기 시작하면서, 천주교리와 그 표현 방식으로서의 천주가사는 새로운 정신적 영역으로 그 자리를 마련할 수 있었다.

이혜정은 천주가사를 제작 시기별로 크게 세 모둠으로 구분하고 있다. 첫째는 일명 '주어사 강론'이라고 불리는 강학 모임을 중심으로 저작된 작품들로 이승훈의 문집『만천유고』에 실린 것과 이기경의 반(反)천주가사들, 둘째는 최양업 신부가 국내에서 전교 활동한 시기에 지어낸 것, 셋째는 『경향신문』과 『경향잡지』에 게재된 것, 그리고 동일한 시대에 필사본으로 전해진 것들이다.[13]

천주교와 조선 사림의 연계는 정조의 보살핌을 받은 남인 학자들로부터 비롯되었고, 이는 앞서 언급한 실학사상의 실행과 연관되어 있다. 철종 시대에는 당시 국내 유일한 조선인 신부였던 최양업 신부의 적극적인 전교 활동과 그 방안으로서 천주가사의 출현을 볼 수 있으며, 고종 즉위 직후부터 병인박해를 비롯한 천주교 박해가 시작되어 많은 인명 피해를 목도하게 된다. 이 과정을 거치면서 천주가사는 박해가 소강상태에 접어들 때마다 전교의 수단으로 제작되었다.

천주교의 전교 활동은 동학의 창건과 경쟁적 상황을 유발하면서, 한층 더 탄력을 받은 측면이 있다. 동학의 교주 최제우가 포교 활동을 시작한 포덕 원년은 1860년이며, 동학의 교리를 가사 형식으로 치환하여 서민계층에 유포하기 시작한 것이 상대적으로 천주가사의 활성적인 제작과 전교를 촉발한 자극제가 되었을 것으로 보인다.

일제강점기, 특히 삼일운동 이후에 조선 천주교회는 개신교보다 훨

---

13) 이혜정, 앞의 글, p.394.

씬 더 앞장서서 일제와 화해하는 태도를 견지했다. 이에 따라 천주가사를 통한 천주교의 전교 방식도 활발한 외부 지향적 활동이 침체되고 교회의 내부적 통합과 유지를 강조하는 소극적 면모를 보이게 되었다. 이상과 같은 경과 과정, 곧 시대적·정치적 상황 변화와 관련하여, 천주가사 내용의 변화를 학문에서 신앙으로, 객체에서 주체로, 외부에서 내부로 변화했다고 분석한 이혜정[14]의 논문은 천주가사의 내용 분석에서 구조적이고 치밀한 성과를 거두고 있다.

학문에서 신앙으로의 변화는 조선 사림의 일부 인사가 신문물로 정한 천주교를 학문적 연구의 대상에서 신앙적 경배의 대상으로 그 접근 태도를 변경해간 것을 말한다. 객체에서 주체로의 변화는 최양업의 천주가사를 중심으로 서구의 전교 대상 지역에 해당하는 객체에서 적극적인 전교 실천의 주체로 인식을 변화시켜간 것을 의미한다. 그리고 외부에서 내부로의 변화는, 1906년에서 1930년까지『경향신문』과『경향잡지』에 게재된 천주가사 115편과 필사본 20편을 중심으로 일제강점기의 천주교회 내부적 행사에 치우친 창작 경향을 일컫고 있다.

이 글에서는 이와 같이 여러 시기에 걸친 천주가사의 의미와 성격 가운데서도 1911년에서 1918년까지의『경향잡지』에 실린 작품들을 구체적으로 분석해봄으로써, 천주가사의 특징적 면모를 검토하고 이를 통해 당대적 상황 속에서 종교와 문학의 의미를 살펴보려고 한다.

---

14) 이혜정, 앞의 글.

3. 『경향잡지』에 실린 천주가사의 작품 세계

이인직이 『혈의 누』를 발표하던 1906년에 『경향잡지』가 창간되고 여기에 새로이 발표 지면을 얻은 천주가사는, 형식적인 면에서 7·5조의 개화기 단형시가 형식(창가 형식)으로 변형되었으며 초기에 보여 주던 유학에의 저항성도 사라지고 자신의 신앙 생활을 반성하는 보다 내밀한 작품들이 많이 나타난다.[15] 『경향잡지』에 실린 천주가사 42편은 신과 인간, 자기 성찰에 관한 주제를 주로 다루고 있다.

이 천주가사의 천주를 향한 구원 신앙은 한국의 해원(解冤) 문화와 자연스럽게 어울린 것이다. 따라서 신앙심의 표현으로서의 특성과 한풀이 방식으로서의 특성은 『경향잡지』에 실린 천주가사의 내용을 설명하는 두 개의 중심축이 될 수 있다. 진연자는 이 점에 착안하여 42편의 천주가사를 다음과 같이 주제별로 분류하고 이를 한풀이와 신앙심으로 구분하여 설명했다.[16]

『경향잡지』에 실린 천주가사의 주제별 구분

- 신에 관한 작품 : 예수 부활 4편, 그리스도 탄생 3편, 성모 신심 2편, 성신 신심 1편, 예수의 고난 1편
- 인간관계 : 신년 축하 7편, 축하가 9편, 고담 1편
- 자기 성찰 : 기도 8편

---

15) 진연자, 「천주가사연구」, 한성대학교 교육대학원 석사학위논문, 1992, p.14.
16) 위의 글, p.15.

- 기타 : 6편

천주가사의 천주를 향한 신앙심 표현에서 중요한 사실은, 그 바탕에 종교적 공동체 인식이 깔려 있다는 사실이다. 이는 기독교의 초대교회가 신앙 공동체이자 생활 공동체였던 성경적 기록을 현실적인 삶 가운데 받아들이는 것이기도 하고, 근본적으로 공동체적 사유 방식에 익숙한 우리 민족의 심성을 반영하는 것이기도 하다.

> 전국동포 일심되야 이복록을 늬라준고
> 무궁복록 갓히맛네 우리쥬의 덕택일세
>
> 쥬의은덕 광대하야 이은덕을 갑자하면
> 동포자매 품에품네 무엇으로 갑하볼까
>
> 새로마암 회개하고 동포형뎨 손목잡고
> 전죄를낭 속죄하야 텬국으로 갓히가세[17)]

하늘로부터 임하는 복록의 수혜 대상을 '전국 동포'로 설정하고 구체적으로 '동포 자매'나 '동포 형제'가 속죄의 신앙과 함께 '천국'으로 같이 갈 것을 권유하고 있다. 기독교적 사해동포 사상을 민족 단위에 적용한 것은 국적 있는 신앙으로서의 기독교 정신이 작동하는 건전한 측면이기도 하고, 동시에 전체주의적 발상에 단련되어 있는 민족적

---

17) 「신년축하가」, 『경향잡지』 6권, 1912, p.2.

속성에 호소력 있게 접근하는 측면이기도 하다.

전국 동포들에게 아직은 낯선 천주 신앙을 권유하는 것은, 확고한 신앙적 징표를 제시하지 않고서는 설득력을 얻기 어렵다. 종교를 성립시키는 세 가지 기본적 요건, 즉 절대자와 그를 설명하는 경전과 생명 현상을 넘어서는 사후 세계에 대한 설명 가운데 마지막 항목을 분명하게 강조하는 것이 이 경우의 가장 강력한 전제 조건이 될 수 있을 것이다. 그래서 예수의 부활, 동정녀 탄생, 개신교와는 현격한 차이가 있는 성모 승천 등이 『경향잡지』 천주가사의 주요한 주제로 나타나고 있다.

> 알네뉘아 알네뉘아 예수부활 알네뉘아
> 부활절이 언제인가 오늘날이 부활일세
>
> 인류됨을 혐의안코 뎐쥬강생 우엔일고
> 우리인류 구속코져 십자가에 못박혔다
>
> 거룩하다 부활이여 깃브도다 알네뉘아
> 예수부활 아니시면 모든공부 헛것이다[18]

예수의 부활에 대한 신앙이 없으면 '모든 공부 헛것'이다. 기독교는 '사람의 아들'로 세상에 와서 인류의 죄를 대신하여 십자가에 죽은 후 사흘 만에 부활한 예수의 이적을 신앙적 판단의 기초로 삼는 종교이다. 이성적 논리적으로 불가능한 이 사실을 믿으면 그로부터 비로소

---

18) 「예수 부활 찬양가」, 『경향잡지』 6권, p.148.

기독교 신앙의 반열에 들어서게 되는 셈이다.

그러기에 사도 베드로는 성경에서 "우리가 주는 하나님의 거룩하신 자신 줄 믿고 알았삽나이다"[19]라고 고백하고 있다. 믿고 아는 것이지 알고 믿는 것이 아니라는 기독교적 사리 분별, 논리의 신앙이 아닌 체험의 신앙을 이 천주가사는 노래로써 가르치려 하는 것이다.

이러한 신앙적 표현은 다른 「예수 부활 찬양가」나 「성탄 찬양가」 등에서도 동일하게 나타나는 현상이다. 다만 가사의 문면이 기독교의 교리를 이해시키고, 그 이해에 근거하여 신앙적 성숙을 일구기에는 너무 일반적이고 평이한 내용을 담고 있으며, 이는 그것이 당대의 새로운 시대정신으로 부상한 문화 충격이라는 사실에 비추어 보면 쉽게 이해할 수 있는 대목에 해당한다. 당시로서는 그것에 접촉하는 것만으로도 획기적인 변혁의 체험이었던 것이다.

천주교는 개신교에 비해 성모 마리아에 대한 관심과 의식의 비중이 크고, 그래서 '성모 승천'에 대한 논리가 형성되어 있는 상황임을 천주가사를 통해서도 확인할 수 있다. 이러한 종교적 입장 차이에 대해 여기서 자세하게 거론할 필요는 없겠으나, 7권에 실려 있는 「성모 승천 찬미가」와 9권에 실려 있는 「성모 승천 경축가」를 보면 성모에 대한 찬미가 초기 천주교 신앙에서도 주요한 부분을 차지하고 있었음을 확인하게 된다.

또한 천주를 향한 신앙을 일상적인 삶 속에 편만하게 유지하기 위한 '성신론'을 노래로 부른 것이 「성신강림 찬송가」이다. 이는 성부·성자·성신의 삼위일체 신앙을 강조하고 그 정신을 전교 현장에

---

19) 요한복음 6장 69절.

적용하기 위한 것으로, 특히 시간적·공간적 제약 조건을 넘어서는 성신의 활동을 신앙으로 경배하는 형식을 취한다.

성경말삼 살펴보니 텬쥬세위 한례시오
한례에는 세위시나 부와자와 셩신이라

셩신위를 말할진대 차례로는 셋재시나
선후분별 업사시며 존비등분 업사시고

한가지로 하례시오 한셩이오 하텬쥬라
셩신뜻을 말한진데 항상업난 령톄시라[20]
(……)

   기독교의 성신론 또는 성령론은 종말론과 함께 교리 해석의 가장 어렵고 민감한 부분들을 포함하고 있는 대목이며, 그에 대한 해석의 차이로 말미암아 다수의 이단 종파들이 출현한 실례를 보여주고 있다. 성신의 존재론적 지위를 정형적 운율에 갇혀 있는 짧은 가사를 통해 그 가사의 음송자에게 인식시키는 것은 당초부터 무리한 일이지만, 그러한 시도 속에는 천주가사 창작자들의 신실한 신앙심이 개재되어 있고 그것이 가사를 통한 전교 열정으로 나타났다고 볼 수 있다.
   다음으로 천주 신앙을 삶의 어려움과 현실적 고통 그리고 오래 묵은 한의 해소에 연계하는 해원 주제의 가사들이 있다. 이는 신앙이 감

---

20) 「성신강림 찬송가」, 『경향잡지』 6권, p.220.

당이나 극복이 어려운 현실로부터의 도피처가 될 수 있다는 인식의 방식, 곧 정신적이고 영적인 차원의 변화를 동반하는 가사들의 세계를 말한다. 한국 현대소설에서는 이청준이 바로 이러한 인식의 발화 방식으로 몇 편의 수발한 작품을 쓴 바 있다.[21)

이러한 인식의 방식이 작동하기 시작하면, 인식 가능한 세계는 곧 바로 천상과 지상의 이원론적 구조로 변화한다. 이 이원론적 구조를 저항 없이 수용하면 신성의 영역을 바라보게 되고, 여기에 인본주의적 시각으로 이의를 제기하게 되면 그로부터 신성과의 갈등이라는 혹독한 체험과 마주쳐야 한다. 한국 현대소설의 작가 김동리는 이 갈등 양상을 소설로 형상화하고, 이를 자신의 대표작으로 치부했다.[22)

> 동포들아 경계하야 보호하을 밋지마소
> 사람이면 다갓흐니 엇지나를 보호하리
>
> 보호함을 구하려면 쥬성모쇠 구핥지다
> 이밧게는 셈기상에 잇을곳이 업나니다[23)

제목이 「사슴과 소」로 되어 있는 가사의 끝부분이다. 사슴의 피난을 중심 주제로 하여 '주님'과 '성모님'에게만 구원이 있음을 밝히고 있

---

21) 이청준의 중편 「이어도」와 「비화밀교」, 장편 『당신들의 천국』 등 지적 유토피아의 세계를 다룬 작품들이 이에 해당한다.
22) 김동리의 장편 『사반의 십자가』는 신성과 인본주의의 접점에 일원론적 구조의 시각으로 접근한 소설이다.
23) 「사슴과 소」, 『경향잡지』 5권, 1911, p.18.

다. 상대적으로 사람과 세상은 전혀 믿을 수 없는 것이며, 세속과 구분된 신성의 영역을 바라보라고 권유한다. 만일 가사의 수용자가 이러한 이원론적 세계 인식 방식을 수용한다면, 그는 현실적 어려움 너머에 있는바 정신적 피안을 구하는 종교적 승급을 추구하게 될 것이다.

> 육신은 이세샹에 슈강하시고
> 령혼은 후세샹에 텬국에올나

> 텬당 무두렷이 열어드릴제
> 영원고 울니쇼셔 둥둥둥[24)]

신앙 동료의 회갑에 부친 가사이다. 일상생활 속에서도 지속적으로 "텬국"과 "텬당"에 대한 소망을 표현하고 있으며, 이러한 지향성을 가진 발화자의 세계관은 현실 일탈 또는 현실 도피적 성격을 나타내기 마련이다. 동시에 발화자는 가사의 수용자에게 그 세계관에 동화할 것을 촉구하는 형국이며, 그로써 현실적 어려움을 넘어서는 새로운 차원의 삶을 권유하는 것이다. 이것이 곧 천주가사가 의도하는 전교 사명의 실천에 해당할 터이다.

> 령신은혜 갓히벗고 귀동자와 귀동녀도
> 일심협력 교훈하여 성가표양 직히다가

---

24) 「회갑창가」, 『경향잡지』 7권, 1913, p.510.

찬류세계 지나거든 자녀들의 손을쑬고
텬국본향 들어가서 일가동작 살지어도[25]

「친척의 영혼을 힘써 구할 일」이라는 가사의 말미 부분이다. 한 가
정과 일가친척이 "텬국본향" 들어갈 것을 희구하는 문면은 현실 일탈
에의 권유가 개인적 차원에서뿐만 아니라 공동체적 차원에서 이루어
져야 한다는 전교의 확산을 의도하고 있다. 유림 사대부 중심의 봉건
군주 체제나 일제강점기의 식민 지배 체제를 막론하고 그 장막 아래
에서 삶의 고난에 당착했던 천주교도들은, "텬국본향"이라는 유토피
아를 비장의 무기처럼 지니고 살았다고 할 것이다. 이 가사는 이처럼
영혼 구령과 삶의 어려움 해소라는 두 가지 문제에 동시에 접근하는
성격적 특성을 보인다.

이상에서 살펴본 각기 다른 유형의 천주가사들은 거개가 초보적이
고 일반론적인 신앙의 권면에 머물고 있고, 그에 대한 연구들도 가사
의 문면 그 자체를 넘어서기 어려운 실정에 있는 것이 사실이다. 그런
데 그러한 외형적 형상에서 한 걸음 더 나아간 시대적 성격, 사상사적
의미, 장르적 특성 등에 대한 복합적이고 체계적인 연구는 아직 충분
히 이루어지지 않은 것으로 보인다.

그러나 오늘날의 정돈된 시각으로 볼 때 외형이 빈약하게 느껴지는
이 천주가사들의 세계는 당대의 역사적 삶과 그 현장의 문제로 되돌
렸을 경우 그것의 창작과 음송이 때로는 생명을 담보로 해야 하는 극
단적인 경우에 처하기도 했음을 유의하며 검토해야 할 것이다. 또한

---

25) 「친척의 영혼을 힘써 구할 일」, 『경향잡지』 10권, 1916, p.99.

우리 문학사의 한 장르로서 천주가사가 갖는 특성을 다각적이고 입체적으로 조명하는 연구 방법의 새로운 설정 모색이 필요한 시점이다.

4. 마무리

개화기 천주가사의 세계를 살펴본 이 짧은 글에서는 당초 목표로 했던바 천주가사를 통한 문학과 종교의 상관성 검토라는 과제에서 일반론적인 논의만 제시했을 뿐 그 핵심에 이르지 못했다. 그러한 과제의 본격적 논의를 위해서는 개화기 천주가사의 종교적 함의를 보다 면밀하게 검증하고 이를 가사문학의 특성과 연계하여 그 효율적 성과와 미비한 결점을 체계적으로 분석해야 했다. 그러나 이는 보다 장기간의 자료 정리와 연구 수행을 요구하는 일이었다.

종교적 측면에서는 개화기 천주가사를 배태시킨 시대적 상황과 그에 대응한 가사의 주제 의식, 오늘날까지 천주교회의 의례에 전이되어온 음송의 방식과 교회 음악적 요소 등이 총체적으로 연구되어야 할 것이다. 문학적 측면에서는 개화기의 유교, 불교, 개신교의 가사 등과 함께 비교 연구를 수행하는 한편 가사문학 그 자체의 발생론적 특성이 천주가사에 도입된 전후 문맥에 관한 연구도 병행되어야 마땅할 것으로 본다.

그런 연후에 이 양자의 연구를 대비 또는 조합하면서, 한 특정한 시기의 종교문학에서 발현된 시대적 의의와 문학적 가치를 도출하는 절차가 필요할 터이다. 하지만 이 소략한 글을 통해서도 개화기 천주가사가 종교적 사명감의 충일과 그 실천에서 극대화된 효용성을 도모하면서, 당대의 가장 호소력 있는 문학 장르로서 가사의 노래 방식을 선택했음을 목도할 수 있다.

기실 이것은 극단적 압제 시대였던 그 당시로서는 최선의 방안이었고, 이 글의 서론에서 논의했던바 '종교로서의 문학'이나 '문학의 종교적 경향' 따위를 운위할 수 없었던 형편이었다. 천주교 전래 2세기를 넘어선 오늘날, 그 초기 시대의 생명을 위협하는 어려움을 헤치고 곤고한 현실 극복의 인식과 전교 실천의 사명을 끌어안았던 천주가사는 그 값어치를 신실하게 존중받아야 옳겠다.

그렇게 '종교'가 앞서고 앞선 종교를 뒤쫓아가는 데 '문학'이 수단으로 기능할 수밖에 없었던 시대, 문학이 한정적 범주 안에 차폐되어 있던 시대의 천주가사는, 이를테면 문학적 성과에 무게중심을 두고 논의될 수 있는 정황을 확보하지 못했다. 이것은 그동안 이 분야에 대한 연구들이 종교성과 문학성의 상관관계 구명을 소홀히 한 원인이 되기도 했을 터인데, 그러기에 가사 장르 자체의 문학성 연구에서 출발하는 새로운 방식이 필요할 것 같다.

이 불가피한 한계는 가사 장르를 비롯한 우리 고전문학 일반이 공통적으로 당면하는 문제이기도 하거니와, 유혈의 박해를 배경으로 생장한 천주가사는 그 순교자적 기능만으로도 일정한 존재값을 매길 만하다. 이는 우리 역사 과정에서 논리적 분석 이전에 선험적 공감의 차원이 작용할 수 있는, 그리 많지 않은 사례 가운데 하나라고 할 것이다.

한민족 디아스포라의
문화적 환경과 기독교

1. 디아스포라의 개념적 성격과 민족적 상황

글로벌 빌리지(global village), 국제화 시대 등의 용어가 등장하면서 잦은 빈도로 언급되는 외래어가 있다. 디아스포라(diaspora). 그리스어에서 온 이 용어는 분산(分散) 또는 이산(離散)이라는 의미를 가졌다. 그 개념이 적용되는 본래 영역은 유대인의 역사에 있다. 이 용어는 팔레스타인 외역(外域)에 살면서 유대의 종교 규범과 생활 관습을 유지하던 유대인 및 그들의 거주지를 가리키는 것이었다. 곧 '이산 유대인'이나 '유대인 이산의 땅'이 정확한 풀이다.

용어의 의미가 그러한 만큼, 역사 과정에서는 헬레니즘 시대와 초기 기독교 시대를 통해 그리스 근역(近域)과 로마를 중심으로 한 유대인의 이산을 지칭하는 말이 되었다. 팔레스타인 북부를 차지하고 있던 이스라엘 왕국은 기원전 734-721년 아시리아의 침입으로 멸망했고,

이때부터 많은 유대인들이 고향을 떠나 팔레스타인 바깥으로 퍼져나가기 시작했다. 또한 남쪽의 유다 왕국도 기원전 598-587년 바빌로니아의 침략으로 멸망했으며, 이때도 비슷한 이주 현상이 일어났다.

유대인들은 이 디아스포라 현상에 능동적으로 반응하였으며, 기원전 1세기 말엽 시리아 · 이집트 · 소아시아 · 메소포타미아 · 그리스 · 이탈리아에 많은 유대인 공동체가 나타났다. 특히 로마 제국의 3대 도시인 로마 · 안티오키아 · 알렉산드리아에 디아스포라의 큰 중심지가 형성되었다. 이들은 팔레스타인의 유대인들보다 그리스 문화에 개방적이었고 대부분 그리스어를 상용(常用)했다. 그리하여 자연스럽게 유대 성향을 가진 헬레니즘 학문과 문화의 중심이 되었다.

특히 주목할 점은, 디아스포라를 통하여 최초로 반(反)유대인의 풍조가 발생했다는 사실이다. 유대인들의 민족적 배타성, 경제적 번영, 지역적 특권들로 인해 이들이 혐오의 대상이 되었다. 반유대인 폭동이나 유대인에 대한 법적 불이익 등이 이어졌고, 키케로 · 세네카 등 로마의 문학가들에게서는 유대인에 대한 편견이 나타났다. 이는 2000년을 두고 유럽과 중근동(中近東)에서 볼 수 있었던, 비이성적인 반유대주의와 맥락을 같이하는 문제이다.

여기서 굳이 이 디아스포라라는 개념을 풀어서 살펴보는 것은, 이 용어가 유대인의 역사와 문화를 배경에 두고 있는 어휘이지만 그 적용 범주와 성격이 한국인의 역사 · 문화적 상황과 많이 닮아 있기 때문이다. 근대 이후 일제의 침탈과 강점을 거치면서 발생한 한반도의 남북 분단, 중국 및 중앙아시아로의 집단 이주, 징용 · 징병과 관련된 일본으로의 이주, 궁핍한 생활 속에서 노동자 수출로 시작된 미주로의 이주 등은 유대인의 디아스포라와 유사한 모형을 이루고 있다. 그와 동시에 각 지역에서 우리말을 상용하면서 형성된 민족 공동체나,

그로 인한 지역 내 이민족의 배타적 혐오감 또한 유사한 결과를 보이는 대목이다.

한민족이 한반도의 남과 북에서 각기 다른 형식과 내용으로 축적한 남북한의 문학 그리고 미국·일본·중국·중앙아시아 등지에서 축적한 재외 한인 문학을 통칭하여 근자에는 '한민족 문화권의 문학'이라 호명한다. 이 다양한 문학적 확산과 그 지역별 분포를 '디아스포라 문학'이라 지칭하는 것은 전혀 어색한 일이 아니다. 문학의 개념적 범주에서도 그러하지만, 서로 다른 문화권 내에 기식하고 있으면서도 독자적 문화의 성향을 유지하고 있는 경계성의 측면에서도 그러하다. 디아스포라라는 이름 아래 북한문학을 필두로 해외의 한민족 문학 전반을 포괄할 수 있는 것은 그러한 까닭에서이다.

2. 북한문학의 동향과 남북 문화 통합의 전망

한반도의 남한과 북한 두 체제는 반세기를 넘긴 오랜 대립적 관성과 서로 다른 목표로 인하여, 그 관계 개선이 극도로 어려운 형편에 있다. 이 양자는 오랫동안 상대를 '주적(主敵)'으로 인식하고 이를 체제 유지의 기반으로 활용해왔으며, 지금도 여전히 서로 다른 목표와 그에 연계된 사회체제로 맞서 있다. 뿐만 아니라 한반도의 지정학적 위치가 국제 정세 및 이해관계와 밀접한 관련성을 갖는 만큼, 남북 양자가 주체적으로 하나의 방향을 합의하고 결정하는 것 자체가 불가능한 상황이다. 이러한 측면은 정치·군사적 문제와 같이 배타적인 분야는 물론이고 경제·사회적 문제와 같이 연접성 있는 분야에서도 마찬가지다.

따라서 남북 간의 문화적 상관성과 교류 문제, 곧 '문화 통합' 문제가 양자의 통합을 추진하는 대안이자 현재로서는 거의 유일한 출구로 논의될 수 있다. 민족적 삶의 원형을 이루는 전통적 정서에 많은 공통점이 있고, 정치 · 경제 문제보다 직접적인 갈등 유발의 가능성이 미소하며, 보다 장기적인 시각으로는 문화를 통한, 즉 문화적 교류의 발전과 성숙이 남북 통합의 가능성이라고 할 수 있다. 이제는 남북 간의 문화 통합이라는 과제를 본격적으로 연구하고 실천할 시기에 이른 것이다.

이와 같은 남북한 문화의 통합적 전망을 논리적으로 수렴하고 구체적으로 논의해나가기 위해 가장 우선적으로 살펴보아야 할 영역이 북한문학이다. 일제의 강점으로부터 해방된 이후의 북한문학은 그 문학적 논의의 내부에 자기 체계와 시기 구분을 설명하는 일정한 시스템을 확립하고 있다. 평화적 민주 건설 시기, 조국해방전쟁 시기, 전후 및 천리마운동 시기, 김일성 유일주체사상 시기, 김일성 사망 후 김정일 통치 시기, 새로운 세대로서 김정은 통치 시기 등이 그것이다. 그중에서도 가장 독특한 유일주체사상 시기는 1967년 주체사상과 주체문학의 논리를 확립하고 수령형상문학을 최우선 과제로 하여 이를 1970년대 말까지 변동 없이 유지한 기간이다.

이 사상적 체계와 그 반영은 모든 문화 및 문학 장르에 걸쳐 강력한 지배 이데올로기로 기능했으며, 1980년대 들어 주체문학론에 부수하는 현실주제문학론의 등장 이전까지는 경미한 변화나 반성적 성찰의 기미를 찾아보기 어려웠다. 인민들이 살아가는 삶의 현장에서 그 실상과 관심 사항을 반영하는 현실주제문학론의 새로운 변화는, 우선 교양 수단인 문학과는 동떨어진 인민들의 흥미를 유발할 것을 도모하는 한편, 동구 사회주의권의 몰락이나 공산주의의 패퇴에 따른 위기의식을 표현하고 있다. 물론 여기에는 변해야 살 수 있다는 인식과 '우리 식 사회주의'의 딜레마가 꼬리표처럼 따라 다닌다.

1994년 김일성의 사망이 일시적 경직 현상을 초래한 바 있으나, 변화의 흐름을 지속시키는 보이지 않는 힘이 장강의 뒷물결처럼 벌써 부지불식간의 대세를 이루고 있음은 부인할 수 없다. 이것은 남북 간의 어떤 회담이 성공적으로 이루어지고 어떤 교류가 실행되었는가 하는 사실보다 훨씬 더 잠재적인 영향력을 가진다. 정치나 경제 문제는 뒷걸음질을 칠 수 있으나, 문화나 문학은 그렇지 않다. 그것은 일찍이 노드럽 프라이가 간파했듯이 인간의 삶을 다음에서 다음으로 형성하고 또 해체하는 힘이어서, 어떤 경우에도 이미 형성된 궤적을 무화시킬 수 없다.

이 소중하고 값비싼 불씨, 남북한 문학의 교호와 통합의 전망에 관한 의식을 잘 살려내고 잘 가꾸어나가야 할 책임이 이 시대 문학인들에게 부과되어 있다. 남북 간의 상호 교차를 위해 과거의 가상공간에서 현실공간으로 전화한 작품들, 림종상의 「쇠찌르레기」, 리종렬의 「산제비」, 김원일의 「환멸을 찾아서」, 이문열의 「아우와의 만남」 등을 새로운 감격으로 읽는 자리를 만들어볼 필요가 있다. 남북한 문학사의 시대 구분을 비교하며 공통된 인식의 접점을 찾아보기, 남북 문화 및 문학 연구의 사실관계 확인과 접근 시도, 문화 현상과 외세의 문화 제국주의에 대한 공동체적 대응력의 개발 협력 등 비대치적 과제부터 함께 수행해나갈 길을 찾아보아야 한다.

그런 다음 구체적 연구로서 우상적 지배자와 문학성, 친일문학과 항일문학의 주류, 북한문학사의 기술 방식과 변화 양상, 북한문학에 수용된 친일 · 재남 작가들과 그 사유 등 남북한 통합 문학사의 과제들을 실질적으로 예비할 수 있을 것이다. 여기에 문학인 자신의 수범적 노력은 물론 정부와 문화 당국이 적극적으로 후원하여, 북한문학의 연구와 수용이 도저한 물결을 형성하도록 해야 한다. 북한문학에 대한 건실한 인지력과 균형 있는 안목, 이에 관한 실천력 있는 장기적 투자를 통해 민족적 통합의 미래가 발양될 수 있을 때, 이를 위해 경각심을 갖고 노력하는 문학을 '국적 있는 문학'이라 할 수 있겠다.

3. 재외 한인 문학의 분포와 실상, 실천적 과제

19세기 후반부터 한민족은 구소련 지역으로 이주하여 '고려인' 집단을 형성하였다. 이들 가운데 일부는 연해주에서 중앙아시아로 집단 강제 이주의 역사적 고난을 거쳤다. 지금 가장 많은 고려인들이 거주하며 우리말 상용과 창작이 이루어지는 알마티에는 양원식, 정상진 등의 문인이 활동했다. 이들 외에도 한진, 리진, 연성용, 라브렌티 송 등 그 지역에서 소중하게 인정받는 문인들이 많다. 소련 국적 고려인으로 세계적인 명성을 얻은 작가는 우화소설 『켄타우로스의 마을』 『다람쥐』 등을 쓴 아나톨리 김이다. 『해바라기 꽃잎 바람에 날리다』의 작가 박미하일도 문명이 높다.

이제 후대 5·6세에까지 이른 고려인 사회는 인구가 50만 명을 넘었다. 그런데 북한은 물론이고 이들을 한민족의 울타리로 끌어안아야 할 한국에서조차 그동안 아무런 손길도 건네지 않았다. 한민족 디아스포라의 비극 여러 편이 무슨 드라마처럼 펼쳐지는 역사 과정을 강 건너 불 보듯 바라만 보면서 지나온 세월이었다. 그것은 남북한 이념과 체제의 갈등, 그리고 분단 시대 곤고한 삶의 역정, 그 실상을 이국에서 증거한 형국이다.

그런가 하면 19세기 후반부터 또 많은 한민족이 중국으로 이주하여 '조선족' 집단을 형성하였다. 이들의 문단 구성 초창기, 구소련에 조명희가 있었다면 중국에는 안수길이 있었다. 중국 내부의 소수민족 가운데 하나가 된 조선족은, 20세기 이후부터 문학 활동을 전개하여 문학 동인 단체인 '북향회'를 발족하고 『북향』이라는 문예지를 발간하기 시작하였으며 향토 문인으로 작가 김창걸과 시인 리욱 등을 배출했다.

이 무렵 중국으로 건너간 강경애가 거기서 작품을 썼고, 최서해는 거기서 얻은 체험을 국내로 돌아와 작품화했다. 중국 조선족 문학을 대표할 만한 작가로 꼽히는 『격정시대』의 김학철은, 항일 투사였던 그의 자전적 기록을 소설에 담았고, 그와 같은 작품의 내용은 한민족 디아스포라 문학의 한 전형이 되었다. 현재 수많은 한글 문학이 창작되고 있는 중국 동북 3성의 조선족 거주민은 200만 명을 넘는다.

북한과의 지정학적 근접성을 앞세워 중앙아시아와 중국의 디아스포라 문학을 먼저 살펴보았지만, 교포 85만 명이 넘는 일본이나 200만 명이 넘는 미국의 경우까지 포함하면 한민족 디아스포라 문학의 범주는 글로벌 빌리지 시대의 주목에 값할 만큼 광범위하다. 그중에서도 일본의 조총련계를 중심으로 한 '문학예술가동맹'의 문학적 축적은 보다 확장된 논의를 필요로 한다. 김달수·김석범·이회성·양석일·이양지·유미리·현월·가네시로 가즈키 등이 이룩한 재일 조선인 문학, 김용익·김은국·노라 옥자 켈러·차학경·이창래·수잔 최·캐시 송 등이 이룩한 재미 한인 문학의 빛나는 성과, 현지 주류 사회에 진입하여 높은 평가를 받은 이들의 성과는 소중하다.

이들이 한민족 문학사의 텃밭에 핀 귀한 꽃무리라면, 이들을 잘 가꾸고 그 명맥을 이어가도록 할 막중한 책임은 '한국문학'에 있다. 그

책임 의식으로 남북한 문학, 납·월북 문인 문제를 디아스포라적 차원에서 살펴볼 때, 덧붙여 언급해야 할 문제가 있다. 이 한민족 문화권의 논리와 의미망 가운데로, 해방 이래 한국문학과 궤(軌)를 달리할 수밖에 없었던 북한문학을 초치(招致)하는 일이다. 북한문학에 대결 구도의 인식으로 접근해서는 접점이나 소통의 전망을 마련하기 어렵기 때문이다.

그렇다면 어떤 방안이 있을까? 여기에 한민족 문화권의 운동 범주를 원용할 수 있겠다. 이는 남북한 문학을 포함하여 재중앙아시아 고려인 문학, 재중국 조선족 문학, 재일 조선인 문학, 재미 한인 문학 등 재외 한글 문학의 전체적인 구도 속에서 남북한 문학의 지위를 자리매김해가자는 논리이다. 그리하여 남북한 문학이 보다 자유롭게 만나고 그 효력의 대외적 확산을 도모하며 통일 이후에 개화(開化)할 새로운 민족 문학의 장래를 예비하자는 것이다.

이는 한반도를 둘러싼 비핵화 논쟁의 당사국들이 벌이는 6자회담을 문학의 이름으로 옮겨놓은 구도이다. '사람'이 있는 곳에 '힘'의 충돌이 있다는 뜻이다. 필자는 6자회담이란 정치적 이슈가 등장하기 전부터 남북한과 네 지역의 디아스포라 문학을 합하여 '2+4시스템'으로 불러왔다. 이 길은 남북한 문학, 더 넓게는 한민족 디아스포라 문학의 교류와 연대를 내다보는 새 통로이며, 정치나 국토의 통합에 우선하는 문화 통합의 추동력이 될 수 있다.

4. 한민족 문화권의 연대와 디아스포라 선교

『양철북』을 쓴 독일 출신 작가이자 노벨문학상 수상자인 귄터 그라스는 2002년 내한 강연에서 이렇게 말했다. "문화는 분단 과정에서 가장 영향력 있는 것으로 증명되었다. 경제, 군사, 이데올로기 같은 것들은 모두 분단되었다. 자본주의와 공산주의 사회로 모든 것이 나뉘었지만 문화만은 분단에 저항했다. 한반도에서도 문화는 언제나 남과 북으로 분단되지 않는 측면을 보인다. 식민지 시대, 미소 양군의 주둔기, 전쟁을 겪은 후에도 남북의 문화는 분단을 거부했다. 이 분단되지 않은 문화가 남북 대화의 초석이 될 것으로 확신한다."

권터 그라스의 이 언급이 예시하는 바와 같이 문화는 강력한 저항력, 전파력, 설득력을 가졌다. 문화는 그렇게 힘이 세다. 남북 간의 상호 관계에서도 그러하지만 정신적인 차원, 더 깊게는 영혼의 문제를 다루는 종교적 차원에서도 문화의 효력은 동일한 힘을 발휘할 수 있다. 여러 가지 난관과 한계가 가로막고 있는 북한 및 재외 한인사회에 복음을 전파하는 일, 그 선교의 미션을 수행하기 위해서는 무엇보다 이 문화의 날개를 얻어야 한다. 그리고 그것을 현지, 현장에서 펼칠 수 있어야 한다. 문화는 인류의 보편적 정서를 바탕으로 상호 소통이 용이한 공감대를 형성해낸다.

신경숙의 『어머니를 부탁해』가 미국 시장에서 좋은 반응을 얻은 것도 '어머니'라는 보편적 정서가 소통되었기에 가능했다. 종교적 영역에서도 이 공감의 기반은 마찬가지다. 민족 정체성을 통해 동질성을 느끼거나 접촉 및 공유의 부면이 넓은 생활 관습에 공감할 때, 선교의 지경은 보다 쉽게 거점을 확보할 수 있다. 선교 수용자의 상황에 친숙하게 다가간 만큼 거부감이 완화되고, 그 효용성과 영향력이 증대될 수 있다. 오늘날과 같이 정보의 흐름이 빠르고 사회적 현실에 대한 평가가 개방적인 시대에서, 한민족 디아스포라 지역에 대한 선교는 문화적 동일성이라는 호소력 없이는 그 전략을 수립하는 데 어려움이

따를 수밖에 없다.

우리가 구약 시대에 익히 보았던 하나님의 역사가 시현된다면, 사실 이러한 전제들이 필요하지 않을 것이다. 하지만 우리 시대의 하나님은 오래 기다리며 우리 자신이 확고한 믿음과 긴 안목으로 노력하고 인내하기를 요구한다. 더욱이 이 과제는 우리 세대를 넘어 다음 세대에, 또 그 이후에까지 승계되어나가야 할 장거리 경주다. 우리가 여기에 비록 규모가 작다 할지라도 제대로 된 선교 기반 및 환경을 구축할 수 있다면, 이는 디아스포라 열방 선교에 올곧고 튼실한 주춧돌을 놓는 일, 그 소임을 다하는 것이다.

남북한 간의 문화적 대화조차 쉽지 않은 대치 형국 속에서 한민족 디아스포라의 대화 테이블 조성은, 어느 모로나 북한의 부담을 덜어주고 민족적 견지에서 이 테이블에 앉을 수 있는 명분을 공여하는 전략이 된다. 선교 또한 마찬가지다. 한민족 디아스포라 전체를 움직이는 지층판의 이동을 통해 각기 디아스포라 지체(肢體)들이 자연스럽게 민족적 연대의 분위기를 조성하고 북한에의 접근 또는 북한의 초치를 자연스럽게 하자는 뜻이다. 궁극적으로 이 길이 글로벌 한민족 사회와 북한 선교의 길을 개척하는 지름길이 될 것이라 여겨진다.

이와 같은 문화적 특성에 따른 선교 전략을 수립하는 데는, 선교 대상 현지 현황과 문화적 환경에 대한 연구가 선행되어야 한다. 그리고 이를 바탕으로 선교를 수행할 구체적 방법론으로서 조직 · 소통 · 지원 등의 대책이 수립되어야 한다. 이를 실행할 실제적인 방안은 차후의 과제로 남기기로 한다.

계획을 창안하기 위해서는 무엇보다 선교의 당위를 위주로 한 경직된 방향성, 교리의 차폐성에 묶여 있어서는 안 된다. 글로벌 빌리지 곳곳에서 자기 유형의 문화적 습속을 향유하며 살고 있는 디아스포라

개체의 특성을 존중하고 그 다양성을 인정하며 접근해야 옳겠다. 종교적 도그마가 앞서면 눈에 잘 보이지 않으나 어느덧 권위주위의 모형이 되고 섬김이 아닌 군림의 자세가 되기 쉽다.

한국에서 개최하는 디아스포라 선교 세계대회도 특히 이 점에 유의해야 한다. 종교적 목소리만 크게 들리고 여러 지역에서 여러 형상으로 살아가는 삶의 실상에 대한 배려가 미약해 보이면, 그 성과도 의미도 퇴색하게 될 것이다. 이것이 한국의 대형 교회나 저명한 종교 지도자의 축제가 아니라, 스스로를 희생함으로써 만민에게 참된 사랑을 전하라는 하나님의 지상명령이기에 그러하다.

'생각하는 대로 살기'의 기적

론다 번의 『시크릿』

1. 자기 계발의 시대, '성공학'의 정체

2007년 한 해의 서점가를 압도한 책은 자기 계발서들이었다. 이 지면의 논의 대상인 『시크릿』을 비롯하여 『이기는 습관』, 『대한민국 20대 재테크에 미쳐라』 등이 초강세를 보였다. 『시크릿』은 발간 7개월 만에 80만부가 나가는 경이로운 판매 성과를 올렸다. 이 책의 광고에는 '오프라 윈프리 쇼' 홈페이지를 마비시키고 『해리 포터』를 묶어버렸다는 등의 자극적인 문구들이 등장하기도 했다.

기독교 색채가 짙은 자기 계발서들 또한 그동안 막강한 독서 수용력을 보여왔다. 대표적인 책을 고르라면 릭 워렌의 『목적이 이끄는 삶』이나 조엘 오스틴의 『긍정의 힘』, 『잘되는 나』 등을 들 수 있다. 이러한 기독교 서적은 자기 계발의 방향성에서 신앙적 성숙을 그 바탕에 깔고 있을 뿐, 궁극적 표적으로서 삶의 성공학을 구현하는 방법론

문학으로 만나는 기독교 사상

은 일반적인 자기 계발서들과 매우 닮아 있다. 다른 말로 하면 신앙의 존재 유무를 떠나서 자기 계발과 자기 능력의 극대화를 추구하는 방식은 그 외양이 유사하다는 뜻이다.

일찍이 『안나 카레니나』의 서두에서 톨스토이가 언명한바, "행복한 사람들은 대개 비슷한 모습으로 행복하지만, 불행한 사람들은 모두 제각각의 모습으로 불행하다"는 레토릭을 떠올리게 하는 대목이다. 그렇다면 우리는 그 공통적인 성공과 행복 추구의 방법론이 어떤 최대공약수를 끌어안고 있는지 추출해보아야 하고 그것이 목표로 삼는 실현 항목들이 무엇인지 검색해보아야 한다. 그리고 어떤 사회적 환경 아래에서 그와 같은 논리가 성립되는지 살펴보는 것이 좋겠다.

오늘날과 같은 불확실성의 시대에서 자기 운명에 관심을 가진 사람은 누구나 다 만만찮은 불안감의 더께를 가슴 한편에 쌓아두고 있다. 그런데 이 정체불명의 불안감을 이기고 그것을 삶의 활력으로 바꿀 수 있는 길을 찾아나가기로 한다면, 앞서 우리가 논거한 자기 계발서들은 각기의 소용에 따라 훌륭한 교사로 기능할 수 있다. 이 교사는 아주 다양한 통로로 여러 가지 유형의 푸른 신호등을 내건다.

우선 자신을 인정하고 용서하고 가치 있게 생각하는 자기만족의 실현이 주요한 목표이며, 뒤이어 사회적 지위나 물질적 풍요나 심신의 건강 등이 간과할 수 없는 항목들이다. 여기에 신앙 서적의 경우, 신앙적 올곧음과 굳셈, 그것의 현실적 적용으로서의 축복이 전제되어 있다. 이를 추진하는 방법론을 두고 보면, 언제나 자신이 실천 주체로서 굳건히 서는 일이 기초적 강령이며, 곧 "하늘은 스스로 돕는 자를 돕는다"는 저 고색창연한 격언을 빌려 와도 좋을 형편이다. 신앙적 견지에서 보자면 이는 자유의지를 가진 자신이 신앙의 실천에 수범이 되는 일이다.

다른 종교들, 자기 수행과 정진의 단계를 중요시하는 종교들에 비해 기독교는 적극적이고 진취적인 실행의 교리를 가졌다. 경제 관념에서도 천주교나 불교의 '청빈사상(淸貧思想)'과는 달리 '청부사상(淸富思想)'의 덕목을 더 중시한다. 그러기에 성경 어디를 인용하더라도 행복과 성공의 추구를 논리적 방법론으로 두루 설명이 가능하다.

자기만족과 자기 주체의 성공학은 실천 주체가 끊임없이 자신의 승급과 발전을 위해 애쓰고 수고하는 과정을 말한다. 기독교인의 신앙적 확신과 기도, 합력, 양선, 감사, 찬양 등이 모두 그 과정을 채우는 방식이요 결과는 절대자의 몫이다. 자기 생각을 스스로 운용하는 한 주체가 최선을 다해 '생각하는 대로 살기'에 임함으로써, 무심결에 그냥 두면 '사는 대로 생각하기'에 침윤할 수밖에 없는 삶의 모형을 자율적으로 통어하자는 것이 자기 계발서들의 중점 모티프인 터이다.

2. 『시크릿』을 통해 본 '비밀'의 기적

2007년 6월에 초판이 발행되어 연말까지 80만 부가 팔린 이 책의 키워드는 '비밀'의 기적이다. 이 세상 가운데 그리고 온 우주 가운데 편만한 비밀이 있다는 것인데, 그것이 아무나 범접할 수 없는 금기의 사실이 아니라 지극히 평범하고 누구든 손 뻗을 수 있는 보편적인 인식의 문제라는 얘기이다. 저자는 그 경천동지(驚天動地)할, 동시에 보편적 인식과 단순한 실천 사이에 가로놓여 있는 비밀과의 만남에 대해 다음과 같이 술회한다(이하 인용문 출처는 론다 번, 『시크릿』, 살림Biz, 2007).

그때 나는 '위대한 비밀', '삶의 비밀'을 어렴풋이 보게 되었다. 내게 '비밀'을 어렴풋이 알려준 것은 딸아이 헤일리가 준, 100년 된 책이었다. 나는 역사를 추적하며 그 '비밀'을 탐구하기 시작했다. 그리고 믿기지 않는 사실을 발견했다. 플라톤, 셰익스피어, 뉴턴, 위고, 베토벤, 링컨, 에머슨, 에디슨, 아인슈타인. 역사상 가장 위대했던 인물들이 이 '비밀'을 알고 있었다니.

얼핏 『장미의 이름』 따위, 무슨 역사추리소설의 발단을 예시하는 것과도 같은 이 도입부의 언급은, 그 비밀의 정체가 극단적으로 평이한 차원에 머물러 있고, 다만 자신의 운명을 개척하기 위해 한 번 손을 내밀거나 한 발자국 앞으로 발걸음을 내딛는 실천의 용기를 필요로 할 뿐이라는 점에서 상당한 복선적 효과를 거두고 있다. 그렇다면 이제 비밀의 정체에 대해 설명한 부분을 찾아볼 차례이다.

당신은 아마 궁금할 것이다. "비밀이 대체 뭔데?"라고 중얼거릴지도 모른다. 이제 내가 비밀을 어떻게 이해하게 되었는지 이야기하겠다. 우리는 모두 무한하고 유일한 힘에 따라 움직인다. 모두 정확히 똑같은 우주의 법칙들을 따라간다. 우주에 흐르는 자연 법칙은 매우 정확해서 우리가 우주선을 제작하고, 사람을 달에 보내고, 우주선이 착륙할 시간을 극히 섬세하게 예측할 때, 법칙이 맞지 않으면 어쩌나 하고 걱정할 필요가 없다.
당신이 어디에 있든, 그곳이 인도든, 호주든, 뉴질랜드든, 스톡홀름이든, 런던이든, 토론토든, 몬트리올이든, 뉴욕이든, 우리는 모두 동일한 힘에 따라 움직인다. 그 힘은 법칙이고, 그것은 바로 끌어당김의 법칙(Law of attraction)이다. '비밀'이란 바로 끌어당김의 법칙을 말한다.

당신의 인생에 나타나는 모든 현상은 당신이 끌어당긴 것이다.

당신의 마음에 그린 그림과 생각이 그것들을 끌어당겼다는 뜻

이다. 마음에 어떤 생각이 일어나든지, 바로 그것이 당신에게

끌려오게 된다.

비밀이란 곧 '끌어당김의 법칙'이요, 이 법칙은 누구나 사용할 수 있으며, 이 법칙을 적용하지 못할 삶의 영역은 전혀 없다는 것이 저자의 논리요 주장이다. 미상불 이 비밀의 법칙은 온 우주에 필요충분조건으로 통용될 수 있는 '만병통치약'이 될 수 있다는 말인데, 놀랍게도 이러한 의문에 대한 저자의 답변은 조금도 주저 없이 '그렇다'이다.

만약 그렇다면 우리는 현대판 구약의 기적을 눈앞에서 볼 수 있으며 우리의 작은 손이 모세의 손이 될 수 있다는 것인데, 저자의 긍정적 답변은 여기에 이르러서도 전혀 망설임이 없는 수준이다. 금전, 인간관계, 건강 등 현대인의 지속적인 욕구를 반영하는 항목들이 모두 이 끌어당김의 법칙에 지배될 수 있다는 뜻이니, 그 말 자체만으로 평가하자면 이 책의 저자가 과대망상증 환자로 보임직도 하다.

저자는 자신이 이 비밀을 발견한 이래, 그리고 그것을 적용하여 그 효용성을 체감한 이래, 삶의 무대를 호주에서 미국으로 옮기고 지상의 많은 '동역자'들을 찾아내어 그 힘을 조직화하는 등 '비밀 전도사'의 길을 걸었다. 참으로 중요한 것은 그 비밀결사의 대열에 동참하고 이를 자기화하는 일이 단순 소박한 긍정의 힘에 의지하고 있을 뿐, 지식이나 재산과 같은 특정한 힘의 뒷받침과 무관하다는 측면이다. 마치 기독교에서 주 예수를 믿는 믿음만으로 천국 백성이 되는 원리와 닮아 있다.

우주의 모든 질서와 당신 삶의 매 순간을 결정하고, 당신이 경험하는 모든 시시콜콜한 일을 결정하는 요소는 바로 이 법칙이다. 당신이 누구이고 어디에 있든지, 끌어당김의 법칙은 삶의 모든 경험을 빚어낸다. 끌어당김의 법칙이 실행되게 하는 존재는 바로 당신이다. 당신은 생각으로 이 법칙을 실행시킨다.

저자의 표현을 빌리면, "지금 당신의 삶은 지난날 당신이 한 생각들이 현실에 반영되어 나타난 결과물"이다. 그러므로 이 비밀을 배우고 나면 무엇이든 바꿀 수 있다는 것이다. 삶의 성공학이란 개별적이고 세속적인 차원을 넘어 인간의 운명과 거기에 결부된 사회·역사적 동력까지 바꿀 수 있다는 장엄한 이론이, 단지 한 개인의 생각과 그것을 긍정적으로 실천하는 의지에서 말미암는다는 것이다.

이를 종교적 교리에 대입해보면, 불가에서는 '일체유심조(一切唯心造)'라 하여 상향종교로서의 특성을 나타내지만, 기독교에서는 온전하고 거룩한 믿는 마음으로 하나님의 역사(役事)를 덧입는 하향종교성을 나타낸다. 그러나 두 경우 모두 사고와 행위 주체의 자발적 의지를 그 시발점으로 한다는 데서 『시크릿』 논리의 수용이 가능할 것이다.

3. 기독교적 세계관으로의 수용

이 책이 포괄하고 있는 기본적인 논리는 그 중심 사고의 용어 몇 가지만 교체하면 기독교 신앙에 근거한 삶의 패턴과 무난하게 겹쳐진다. 예컨대 "끌어당김의 법칙은 자연의 법칙이며, 중력의 법칙이 그렇듯 사람을 가리지 않는다"는 대목은 차별 없는 하나님의 사랑을 연상하게 한다. 또한 "지속적인 생각으로 불러들이지 않는 한 그 무엇도 삶에 나타나지 않는다"는 대목은 신실한 신앙과 기도 생활을 연상하게 한다.

이 책에서는 비밀을 생성하는 데 사용한 창조 과정을 아예 '성서에서 가져온 내용'이라고 고백하고, 그 세 단계를 '구하라', '믿어라', '받아라'라고 설정하고 있다. 그리고 이를 실행하는 데 필요한 두 가지 강력한 도구가 있는데, 이는 '감사하기'와 '그림 그리기'라는 것이다. 감사하기는 에너지를 전환하고 원하는 것이 더 많이 이루어지도록 하는 도구이며, 그림 그리기란 마음속에서 원하는 것을 즐기는 모습을 상상하는 과정에서 소용되는 도구이다.

이쯤 되면 이 책의 저자와 그에 함께 합심 협력한 많은 이론가들이 근본적으로 기독교적 신앙과 소통하고 있으며, 다만 그것을 표현하는 데에서 종교적 면모보다는 세상 논리를 선택함으로써 보편성과 객관성을 확보하려 했음을 적시(摘示)할 수 있다. 다음은 세속적 부유와 풍요를 끌어당기는 방법을 제시한 '돈의 비밀' 중 한 부분이다.

> 부유해지면 영적인 사람이 되지 못한다고 믿는 환경에서 성장했다면, 캐서린 폰더(Catherine Ponder)가 쓴 『성경 속 백만장자들(The Millionaires of the Bible)』을 읽어보라고 강력하게 추천하고 싶다. 이 멋진 책에서 당신은 아브라함, 이삭, 야곱, 요셉, 모세, 그리고 예수가 풍요를 가르친 교사였을 뿐 아니라 그들 스스로 백만장자로, 오늘날 백만장자들이 상상하는 삶보다 훨씬 부유하게 살았다는 점을 알게 될 것이다.
>
> 당신은 왕국을 물려받을 상속자다. 풍요는 당신의 권리이고, 풍요의 열쇠가 당신 손에 있다. 삶의 모든 면에서 상상 가능한 모

든 것을 누릴 풍요의 열쇠가. 당신은 모든 것을 향유할 자격이 있고, 우주는 당신이 원하는 모든 것을 준다. 대신 당신은 끌어당겨야 한다. 이제 당신은 '비밀'을 알았다. 열쇠는 생각과 감정이다. 당신은 평생 그 열쇠를 손에 쥐고도 이를 모르고 살았던 것이다.

이 인용문에서 보듯, 책의 저자가 자신의 일생을 투여하여 정립한 화두와 그것을 체계화한 논리에는, 기독교 신앙의 축복론이 고스란히 담겨 있다. 그러나 거기에는 그 원론의 입지점이 다른 만큼 경계해야 할 복병과 함정 또한 만만치 않게 숨어 있다. 축복을 말하되 그에 이르는 과정이 거의 생략되어 있다든지, 축복의 전체적인 개념이 영적 축복에서나 가능한 전면적인 분량에 미치고 있다든지, 자기 주체가 지나치게 강화된 나머지 자신이 곧 전능자로 진화한다든지 하는 것들이다.

그러나 그럼에도 불구하고 이 책의 진취적인 논의를 기독교적 세계관에 대입하여 검증해보고 이를 긴요한 타산지석(他山之石)으로 삼는 일은 매우 유익해 보인다. 세상의 지혜 또한 하나님께로부터 온 것이 분명할진대, 논리의 옥석을 잘 가리고 수용 방식에서도 쌀과 뉘를 잘 고른다면, 우리는 모처럼 드물게 잘 지어진 부교재를 만나게 되는 셈이다. 그 부교재의 '교훈'을 요약해보는 것으로 이 글을 마감하기로 한다.

첫째, 긍정적 인식이다. 생각과 말과 행위를 통하여 끌어당김의 법칙, 곧 우주 자연의 운행 법칙을 내 것으로 활용한다. 이는 기독교에서 주 예수를 믿는 믿음, 그것이 증거하는바 하나님의 능력과 역사를 믿는 마음이 모든 불가능한 일을 가능한 것으로 바꾸는 '기적'의 요체임을 상기시킨다.

둘째, 실천적 행위이다. 여기 이 비밀이 말하는 단순 소박한 실행의 용기는 하나님을 의지하는 이가 순전한 마음으로 손길을 내미는 모습과 다르지 않다. 모세가 오로지 믿음만으로 지팡이를 내밀었을 때 홍해가 갈라졌다. 우리 또한 지금 여기서 그 기적을 행할 방도가 있다는 이야기이다.

셋째, 주체의 변화이다. 이 책에서는 끊임없이 자기 주체만을 강조하고 있으며, 나로 말미암아 우주에 편만한 기력의 이동이 가능함을 역설한다. 그런데 중요한 것은 시발자인 '나'보다 실행자인 '우주'의 힘에 더 무게중심이 있다는 사실을 간과하고 있다는 점이다. 구하는 이는 사람이로되 이루는 이는 하나님이심을 납득하면, 아주 쉽게 풀리는 문제이다.

문학으로 만나는 기독교 사상

초판 1쇄 인쇄 2018년 2월 23일
초판 1쇄 발행 2018년 3월 8일

지은이 | 김종회
발행인 | 강봉자, 김은경

펴낸곳 | (주)문학수첩
주소 | 경기도 파주시 회동길 192(문발동 513-10) 출판문화단지
전화 | 031-955-4445(마케팅부), 4500(편집부)
팩스 | 031-955-4455
등록 | 1991년 11월 27일 제16-482호

홈페이지 | www.moonhak.co.kr
블로그 | blog.naver.com/moonhak91
이메일 | moonhak@moonhak.co.kr

ISBN 978-89-8392-691-3 03810

「이 도서의 국립중앙도서관 출판예정도서목록(CIP)은 서지정보유통지원시스템 홈페이지
(http://seoji.nl.go.kr)와 국가자료공동목록시스템(http://www.nl.go.kr/kolisnet)에서
이용하실 수 있습니다.(CIP제어번호: CIP2018005526)」

＊파본은 구매처에서 바꾸어 드립니다.